love

MÍRIAM TIRADO

GO, GO, GOA!

UF... ¡NO PUEDO MÁS!

ILUSTRACIONES DE
SHEILA
DE LA MAZA

Traducción de
Ricard Gil

B DE BLOK

Papel certificado por el Forest Stewardship Council®

MIXTO
Papel | Apoyando la silvicultura responsable
FSC® C117695

Penguin Random House Grupo Editorial

Título original: *Go, go, Goa!*

Primera edición: mayo de 2024
Sexta reimpresión: julio de 2025

Diseño de la cubierta: Penguin Random House Grupo Editorial / Silvia Blanco

Printed in Spain – Impreso en España

ISBN: 978-84-19910-53-0
Depósito legal: B-5.971-2024

Compuesto en Compaginem Llibres, S. L.
Impreso en Gómez Aparicio, S. L.
Casarrubuelos (Madrid)

BL 1 0 5 3 0

Sé tú, no tengas miedo

¡QUE VUELVA A SER NAVIDAD!

No hacía ni dos días que había empezado el instituto, y Goa ya quería que volviera a ser Navidad. Estar de vacaciones otra vez, levantarse tarde y no tener que hacer exámenes ni pasar frío en el patio… **Pero, sobre todo, quería retroceder en el tiempo porque había sido en Navidad cuando había podido ver a Klaus**, justo antes de que él se fuera a Alemania a pasar unos días con su padre.

La noche del 24 de diciembre, Julia, la madre de Goa, había invitado a Alberto, Carla y el pequeño Martín a cenar sin decirle nada a su hija. Había pensado que estar todos juntos sería una buena sorpresa que la haría feliz, y había acertado. Además, aquella misma tarde, cuando Zu había llamado a Julia para contarle que habían anulado el vuelo a Berlín de Marcus y Klaus, no se lo había pensado dos veces y le había dicho: **«Si tenéis que pasar la Nochebuena solos en casa, venid a pasarla con nosotros. ¡Nos encantará!»**.

Horas más tarde, cuando Goa los vio a todos en su casa, casi se desmaya. Ella, que creía que iba a cenar solo con su madre y su abuela, no se lo podía creer.

¡La mejor sorpresa del mundo!

Así habían empezado unas fiestas fantásticas: Goa se lo había pasado muy bien durante las celebraciones familiares, le regalaron cosas que le habían encantado (ropa nueva, unos auriculares…) y, sobre todo, pudo quedar con sus amigos ¡y dormir sin tener que escuchar el despertador caaaaaada mañana!

¿Por qué tenía que ser tan corta la Navidad? ¿Por qué no podía durar cuatro semanas? ¿O diez? Pensaba en todas estas cosas, sentada en clase al lado de Ana. Debería estar escuchando atentamente a la bomba Judit, pero la nostalgia de la Navidad era demasiado grande y solo oía de fondo la voz de la profesora, que les decía:

—Chicos, empieza el segundo trimestre y ahora sí que toca ponerse las pilas. Ya os habéis adaptado al instituto y, si no lo habéis hecho, espabilad, porque ahora la cosa se pone seria. **Durante el primer trimestre hemos tenido manga ancha con vosotros** porque somos conscientes de que el cambio de primaria al instituto no es fácil, pero ahora creemos que ya habéis tenido tiempo suficiente para adaptaros al ritmo de secundaria. ¿Entendido?

Judit iba vestida con un jersey negro de cuello alto, unos vaqueros azul marino y unas botas que tenían pinta de ser muy calientes y, probablemente, un regalo de Navidad, porque Goa no se las había visto nunca, y ella se fijaba en este tipo de cosas. No se la veía tan contenta como de costumbre, pero ¿quién estaba contenta después de volver de vacaciones?

Ana, que miraba estupefacta a la bomba Judit sin entender lo que les intentaba decir, dio un codazo a su amiga y le dijo:

—**Goa, ¿de qué manga ancha habla?** ¡Si yo casi suspendo mates! ¿Qué significa eso de que «la cosa se pone seria»? Pero ¡si en el primer trimestre no paramos de hacer exámenes! De verdad que no puedo…

—Ana, ¿quieres decir algo a toda la clase, que te oigo refunfuñar mucho? —dijo Judit.

—¿Eh? Ah, no, no…, perdón… Ya me callo.

12/01
Los amigos de Juan
muy grande
det nombre pre nom
nom adv adjet
SN SPREP
SADJ
SN-S
SVP
EVERYTHING HAPPENS

—A ver si es verdad —dijo Judit, guiñándole un ojo.

Ana hablaba por los codos, siempre le había costado guardar silencio durante las clases. Por eso cada año, en los informes, solía poner: «A Ana le gusta mucho hablar y a menudo se despista charlando con los compañeros que tiene cerca». **Era un clásico.**

Blablablá

Cuando Judit terminó su discurso, se puso a repartir unas hojas de lengua con unas normas ortográficas apuntadas. Goa aprovechó el jaleo de aquella pequeña pausa para decirle a Ana muy flojito:

—¡Qué palo todo! **¡Yo quiero que vuelva a ser Navidad!**

—¡Tú lo que quieres es volver a ver a Klaus, espabilada!

—¡Pues claro!

—¿Y qué? ¿Cuándo podrás?

—¡Ni idea! Esto es una mierda…

—¡Si te buscaras a uno de la clase, no tendrías que sufrir tanto!

—Pero ¡¿qué dices?!

—Mírame a mí, la tengo tan cerca que estoy todos los días contenta. —Ana miró hacia donde se sentaba Laura, y un poco más y se le cae la baba.

—Ana, eso no se elige. Te enamoras de quien te enamoras, y ya está.

—GUAU... ¡E-N-A-M-O-R-A-D-A! OH, MY GOA!

—Ay, quiero decir que me gusta.

—Has dicho «Te enamoras de quien te enamoras»... Qué mona, Goa... ¡Me encantas! ¡Eres tan romántica!... —Y se le acercó para darle un beso en la mejilla.

—¡Ay, no te rías!

—¡No me río! Me encanta que POR FIN lo hayas reconocido. ¡Ya era hora!

—Ay... ¡Va, déjame!

—Se nota que, en estas vacaciones, aunque haya estado en Berlín, ¡no ha pasado de ti!

Ana tenía razón. Klaus no había pasado de ella. Se habían escrito y visto por videollamadas, y eso había supuesto que para Goa esa Navidad fuese la mejor que había pasado nunca. Allí sentada, pensó que daría cualquier cosa para que Klaus fuera a su instituto. Verlo cada día, quedar algunas tardes... Mientras de fondo Judit les explicaba las faltas ortográficas que a partir de entonces bajarían nota en los exámenes, Goa pensó que aquel mes de enero se le iba a hacer muy muy largo.

¡Ojalá!

MIENTRAS TANTO, KLAUS...

Hacía una semana que había vuelto de Berlín. Las vacaciones con su padre habían ido muy bien: había podido ver a sus amigos y comprobado que, aunque hiciera bastante tiempo que no compartía con ellos el día a día, todavía le tenían en cuenta y le echaban de menos, y eso le hacía sentir bien. Lo mejor de todo, sin embargo, había sido que su abuelo se había recuperado totalmente y habían podido celebrar la Navidad como siempre, y con nieve. Sí, aquellos días había nevado, y eso, a Klaus y a su hermano Marcus, ¡les encantaba! **Siempre decían que una Navidad sin nieve era menos Navidad.**

Además, como había compartido la noche del 24 con Goa y se lo habían pasado tan bien, no le había costado nada seguir en contacto con ella durante todos aquellos días, evitando distanciarse.

Siempre tenía la sensación de que después de verse era más fácil continuar escribiéndose y llamándose como si nada. Lo que costaba de verdad era mantener la misma conexión cuando pasaban semanas y semanas sin verse o cuando a ambos les pasaban cosas que, a veces, resultaban difíciles de contar por mensaje o por llamada. Por suerte, empezaba a tener algún amigo en el instituto, y eso le ayudaba a sentirse mucho más integrado. Con quien mejor se llevaba era con Víctor, un chico muy alto y delgado que ya estaba a punto de cumplir catorce años, porque había nacido en el mes de enero. Se sentaban juntos en clase y se reían mucho. Víctor era directo y claro.

—¿Has visto cómo te ha mirado hoy Susana cuando has entrado con la chaqueta nueva? —le susurró aquel día mientras daban clase de matemáticas.

—¿Cómo?

—¡No me digas que no te has fijado! **Cuando te ve, ¡se le cae la baba, bro!**

—Pero ¡qué dices!

—Que sí, ya sé que a ti te gusta la chica aquella

del nombre raro, pero Susana no está nada mal, ¿no? ¡Ya me gustaría a mí que me tirara los tejos!

—¡A mí no me gusta Susana!

—Ya, pero ¡tú a ella sí! **¡El mundo está mal repartido!** ¿Por qué no le puedo gustar yo, que estoy disponible?

—Anda, cállate, que al final nos van a expulsar si nos pillan hablando tanto.

Klaus no tenía miedo de que le expulsaran, lo que quería era que Víctor dejara de hablarle de Susana. **Ya había notado que le gustaba, y eso le hacía sentir mal.** No quería que ella se hiciera ilusiones, y por eso intentaba hablar con ella lo menos posible.

Él estaba enamorado de Goa.

Klaus no lo había reconocido delante de nadie, pero estaba absolutamente colgado de aquella chica de pelo rizado e ingobernable. Le gustaba cómo le hacía sentir cuando estaba a su lado y le gustaba que fuera su amiga. **Pero ¡qué difícil era estar enamorado de alguien a quien ves tan poco...!** Y más cuando tienes trece años y muchas ganas de pasar mucho tiempo con esa persona, pero no tienes la libertad de moverte como los adultos. Klaus vivía a más de una hora en coche de la casa de Goa y no podía coger el tren e ir a verla cuando le petara, por ejemplo. Deseaba ser mayor y tener coche… «¿Te imaginas?», solía decirle a Víctor. «¡Algún día tendremos coche y podremos ir a donde nos dé la gana!».

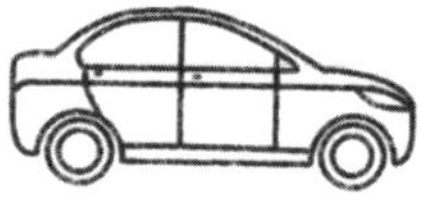

El 24 de diciembre, la noche en que Goa se llevó la gran sorpresa, Klaus fue muy feliz. Después de cenar subieron a la habitación de ella, y cuando estuvieron solos, él decidió sacar un tema que hacía días que le rondaba por la cabeza.

Un tema que ella no esperaba y que la había dejado de piedra.

LO NUESTRO ¿QUÉ ES?

Aquella Nochebuena hubo una **cena buenísima**, cocinada por la abuela Mercedes y por Julia. Habían preparado aperitivos de toda clase y un pollo relleno que les había gustado a todos. De postre, piña, turrones y barquillos de los normales y también de chocolate, que, especialmente los dos adolescentes de la cena, devoraron.

Al terminar, Mercedes y Alberto se pusieron a preparar infusiones y un café descafeinado, mientras Zu, Julia y Carla charlaban en la mesa. Martín, en brazos de su madre, dormía plácidamente cuando ellas comentaban todo lo que suponía la

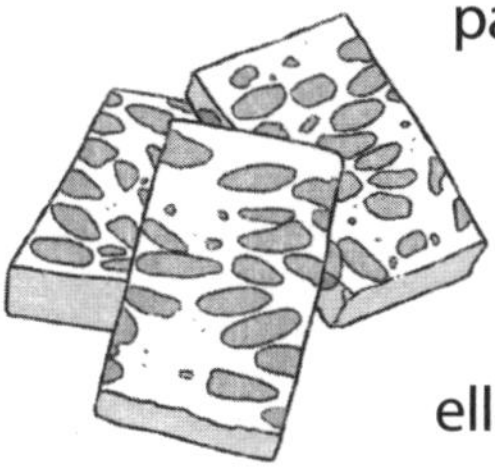

llegada de un hijo al hogar. A Carla le iba muy bien escuchar a Zu y a Julia, porque constataba que lo que sentía era normal, y que ellas también habían vivido el revoltijo emocional que estaba experimentando desde la llegada de Martín.

A Goa y a Klaus, en cambio, aquella conversación les aburría soberanamente.

—**¿Vamos arriba?** —le había preguntado Goa a Klaus en cuanto vio que la sobremesa iba a ser muy aburrida para ellos.

Marcus estaba tan entretenido con un juego que ella le había dejado que ni siquiera se dio cuenta de que los dos subían al piso de arriba.

Cuando entraron en la habitación, Goa recogió rápidamente unos calcetines sucios del suelo y le dijo:

—No mires mucho, no sabía que ibas a venir.

—O sea que tú, Goa, aparte de tener pelo de leona, también vives en una leonera. **¡Tiene todo el sentido del mundo!**

—¡Eh, no te metas con mi pelo, que tengo una cabellera que ya la querrían muchos! —Goa pensó que era preferible hablar de su pelo que del desorden que había en la habitación.

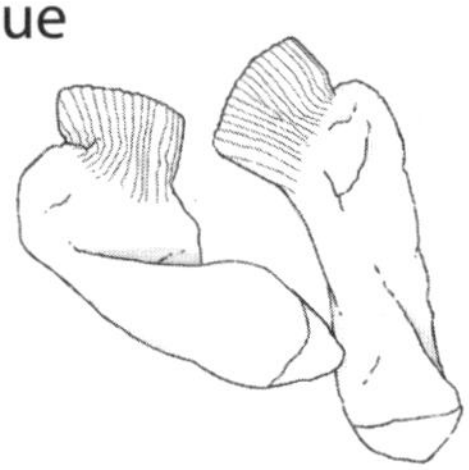

—¡Me encanta, ya lo sabes! Pero te imaginaba más ordenada, la verdad, ja, ja, ja… —Klaus, que era francamente desordenado, se sintió muy bien al ver que no era el único.

Los dos iban descalzos. Habían dejado los zapatos abajo y se sentaron encima de la cama. De pronto, Klaus la tomó de la mano y le dijo:

—**Tenía muchas ganas de verte.** Me alegro de que haya habido huelga en el aeropuerto.

—Y yo —respondió Goa.

Notaba que le hervían las mejillas, debía de tenerlas rojísimas. Notar el contacto de las manos de Klaus la hacía estremecer. Le encantaban las caricias que le hacía con los dedos. Eso y su olor la dejaban sin aliento.

—**Te quería comentar una cosa** —dijo él, algo nervioso—. **Lo nuestro… Lo nuestro ¿qué es?**

—¿Cómo?

—Quiero decir… No sé… **¿Estamos juntos o no?** En plan, ¿salimos juntos? ¿O mejor que no? Porque yo no quiero que dejemos de ser amigos y, si salimos, hay gente que dice que tal vez se acaba la amistad… No lo sé…

—Uf… Ah… Guau…

¿¿¿Cómo???

Goa no esperaba aquella pregunta en absoluto, pero la hacía feliz pensar que Klaus se planteara salir con ella. **Se le desbocó el corazón porque notaba que la conversación era importante, pero, al mismo tiempo, no tenía ni idea de qué decir.** ¡No estaba preparada! ¡No sabía qué responder! ¿Y qué significaba aquello de que tal vez dejarían de ser amigos si salían juntos?

—Pues... ni idea. Vivimos lejos y nos vemos poco..., pero no sé qué decirte...

¿¿¿CÓMO???

—¿Tú estás bien así? —le preguntó Klaus.

—¿Contigo?

—Sí, conmigo.

—Sí, mucho. ¿Y tú?

—También.

—Guay.

—Entonces ¿qué?

¡Aún no me lo creo!

—Pues ya está, ¿no? —dijo Goa, que seguía sin saber cuál era la mejor respuesta—. O sea..., ¿tenemos que decir lo que somos? Quiero decir..., no lo sé, yo tengo doce años y tú trece... ¿Qué cambiaría si dijéramos que «salimos»? ¿Qué haríamos diferente?

—No lo sé... Ni idea.

—Pues eso. —A cada segundo que pasaba, Goa estaba más segura de lo que decía—. Estamos bien, y si nos vemos, genial, y si no, qué le vamos a hacer, ¿no? Pero somos superamigos y eso está por encima de todo, ¿verdad?

—Sí, siempre. Pfff… Perdona, tal vez no debería haber sacado este tema, lo siento.

Klaus agachó la cabeza, porque de pronto se sentía un poco ridículo por haber iniciado aquella conversación. Goa, que lo notó, le levantó la barbilla con la mano y le miró a los ojos.

—No me pidas perdón por hablar conmigo de lo que sea, ¿vale? **Me encanta hablar contigo y… me encantas tú.** —Aquel día, Goa estaba tan contenta y feliz que no le daba ninguna vergüenza abrirse de par en par con Klaus y decirle lo que sentía.

—**Y tú a mi** —respondió él.

Se acercaron un poco más y se dieron un beso en los labios. Goa temblaba como un flan: **¡qué intensidad la de aquella noche!** La sorpresa, la conversación que no esperaba, y ahora aquel beso… Solo deseaba que Marcus no entrara de repente en la habitación. Sentía que el corazón le estaba a punto de estallar de amor cuando él le dijo:

—Si algún día nos gusta otra persona, nos lo decimos, ¿vale?

¿A qué viene esto ahora?

—De acuerdo.

«¿Qué significa esta pregunta?», pensó Goa.

—Y no dejaremos nunca de ser amigos. ¿Me lo prometes?

—Te lo prometo.

El simple hecho de imaginar a Klaus diciendo que le gustaba otra persona hizo que a Goa le entraran todos los males. ¿Por qué le había dicho aquello ahora? ¿Por qué motivo les tendría que gustar alguien más? «Qué mal rollo de conversación», pensó.

Por suerte, en aquel momento Klaus se tumbó y le puso la cabeza sobre el regazo, y ella empezó a acariciarle el pelo con mucha suavidad. El contacto hizo que dejara de pensar tanto y se centrara en lo que importaba: ahora estaban juntos. Quería retener cada instante de aquella noche y solo deseaba que la huelga del aeropuerto durara toda la Navidad.

Pero al cabo de unas horas, Klaus, Zu y Marcus se fueron a su casa, y Goa y Klaus tuvieron que despedirse sin saber cuándo se volverían a ver.

Antes de dejar la tableta fuera de la habitación, Goa grabó una nueva entrada en su videodiario personal:

• REC

¿Quieres flipar? Klaus me ha preguntado si estábamos saliendo. ¿¿¿PER-DO-NA??? No me lo esperaba en absoluto, y me he puesto muy nerviosa y colorada. Un poco más y se me cae la mandíbula al suelo, en plan dibujos animados. ¿Qué significa esta pregunta? Además, me ha dicho que no quería que dejáramos de ser amigos. ¿Por qué lo ha dicho? Era como si quisiera estar seguro de que nos gustamos y tal, que es muy guay, pero... No lo sé..., de pronto me he puesto muy nerviosa y le he dicho que no hacía falta decir que salíamos. En plan: ¡TENGO DOCE AÑOS! No sé ni qué quiere decir «salir con alguien»... Pero ¿y si ahora se ha sentido decepcionado, y alguna chica le va detrás, y...? ¡Aaayyy! ¡Me estoy agobiando! ¡No quiero ni pensar en estas cosas! BASTA. Cerebro mío: ¡PA-RA, que te aceleras y me haces sufrir! ¡Qué difícil es esto de que te guste alguien a los doce años! Pero... cómo ha molado estar juntos en mi habitación... Y atención: ¡¡¡HA HABIDO BESO!!! A ver si no voy a poder dormir... Ha sido una noche genial y ahora mismo soy taaaaaan feliz... ¡¡¡Klaus, no quiero que te vayas a Berlín!!! En fin..., será mejor que me quede con lo que hemos vivido hoy, ¡porque si pienso que no tengo ni idea de cuándo volveré a verlo, me echo a llorar aquí mismo! ¡Va, buenas noches!

AUTO

¡QUÉ FRÍO!

Aquel 13 de enero estaba todo helado. Hacía dos días que las temperaturas nocturnas no subían de los dos grados negativos, y de día se notaba. A la hora del patio, Bruno, Ana, Laura, Goa y Leo se encontraron en un rincón donde daba el sol. Había dos escalones y allí se sentaron para desayunar. Leo estaba desenvolviendo un bocadillo de dos palmos cuando exclamó:

—¡¿Qué es esta mierda de frío?! ¡Nos vamos a quedar helados aquí!

—**¡Sorpresa! ¡Es invierno!** —respondió Bruno, para quien el frío nunca había supuesto un problema.

—Cuando llega el frío, es una mierda. ¡En mi casa se ponen histéricos, y lo odio! —insistió Leo.

—¿Por qué? —Goa dio un mordisco a su bocadillo de queso, despreocupada.

—Porque mis padres tienen miedo de que pille algún virus en el insti y se lo contagie a mi hermana, que, como está inmunodeprimida, para ella ponerse enferma podría ser nefasto y tal vez tendría que ingresar otra vez en el hospital…

—Ah, claro… —dijo Goa, empatizando con Leo.

—**Pero ¡tú eres fuerte como un roble!** ¡No hay nada que temer! —dijo Ana, tratando de aligerar el tono de la conversación, que se estaba poniendo muy seria.

—¿Cómo se ha encontrado tu hermana estas Navidades? —le preguntó Goa, aprovechando que parecía que Leo tenía suficiente confianza con ellos como para hablar del tema abiertamente.

—Mal, pero por lo menos ha estado en casa y no en el hospital, que ya es mucho.

—**Lo siento, Leo** —le dijo Laura, acariciándole la espalda.

—Ya…, tranqui, es lo que hay.

—Si necesitas algo, nos lo dices, ¿eh? —añadió Bruno, chocándole la mano.

—Necesito no pillar ningún virus, porque, si no, en mi casa se volverán locos y me harán ir a casa de mis abuelos, como cada año.

—¡Ostras, vaya mierda! —dijo Ana, muy sincera—. Procuraremos no contagiarte nada. **Este año, prohibido pillar ningún virus, ¿entendido?**

Todos respondieron llevándose la mano derecha a la sien como si fuesen soldados y Ana fuera una oficial que les acababa de dar una orden. Después se echaron a reír y siguieron comiendo los bocadillos.

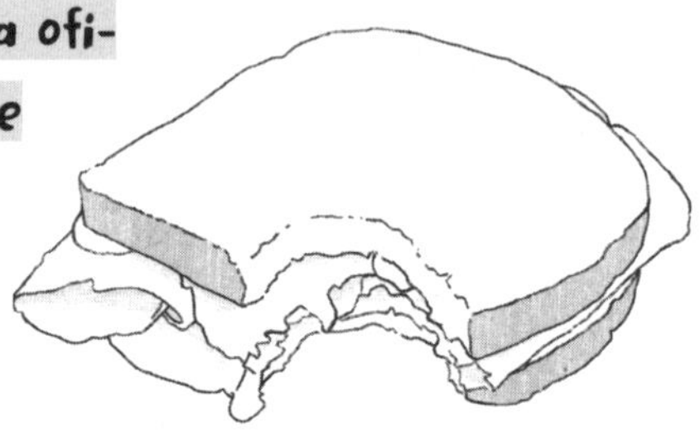

En el instituto, el móvil estaba prohibido: cuando llegaban a clase, los dejaban en unas cajas cerradas con llave hasta la hora de volver a casa. Entonces, el conserje abría las cajas y todos recuperaban sus teléfonos. Todos, menos Goa y los cinco o seis chicos y chicas que todavía no tenían móvil. Pasaban la hora del patio charlando, desayunando y, si les apetecía, jugando a vóley, pero ahora, con el frío del invierno, les daba más pereza que de costumbre.

—¿Alguien quiere quedar esta tarde? —preguntó Bruno.

—¡Tenemos vóley! —respondió Ana.

—Ah, claro… Siempre tenéis vóley. ¡Vaya tortura entrenar tantas veces, bro! ¡Ni que os estuvierais preparando para las Olimpiadas!

—**¡Eso lo dices porque te encantaría entrenar con nosotras y no puedes!** ¡Envidioso!

—¿Qué dices, Ana? ¡Tú flipas! —respondió Bruno, dándole un empujón amistoso.

—¡Yo sí que puedo! —dijo Leo—. ¿Voy a tu casa? ¡Que en la calle hace un frío que te cagas!

—¡Hecho!

En septiembre, al empezar el instituto, Goa nunca hubiera imaginado que acabarían formando un grupito de amigos con Leo y Laura. Pero a veces la vida te da sorpresas, y esta era una de ellas. Ahora que había descubierto cómo era el verdadero Leo, más allá de la fachada, lo encontraba divertido y simpático, y le encantaba pensar que Bruno también se sentía más acompañado. **Era todo casi perfecto: solo faltaba Nadia.**

¡¿QUÉ DICES QUE LE DIJISTE?!

El pabellón donde jugaban a vóley era un poco lúgubre. Tenía muchos años y necesitaba un lavado de cara, pero el ayuntamiento siempre alegaba que no tenía dinero suficiente para renovarlo. Por eso nunca se duchaban allí: Ana y Goa decían que aquellas duchas daban miedo y después de entrenar siempre preferían irse enseguida y ducharse en casa. Aquella tarde, unos minutos antes de que empezara el entreno, estaban con Nadia cambiándose en el vestuario, cuando Ana, mientras se hacía una coleta, le dijo a Goa:

—No entiendo por qué Klaus y tú no decís que salís juntos. **¡Si estáis colgados el uno del otro!**

¿PER-DO-NA?

—¿A qué viene esto ahora?

—Cosas que pienso a veces…

—¡Tú piensas demasiado! —le dijo Nadia riendo.

—Pues no lo sé, lo hemos hablado, pero decidimos que no era necesario…

—¿¿¿Que qué???

—¿En serio? ¡¡¡Qué fuerte, Goa!!!

Ana y Nadia no se lo podían creer.

—Sí, en Nochebuena. Después de cenar, cuando por fin pudimos escaparnos un rato y estar solos en mi habitación, él sacó el tema y me preguntó si teníamos que decir que salíamos o qué era lo que teníamos, y yo me quedé de piedra. ¡No me lo esperaba! Y, en plan…, yo qué sé, le dije que tal vez no era necesario, que nos veíamos poco y que quizá ya estaba bien seguir como estábamos… Que no hacía falta anunciar que salíamos juntos porque… ¡total, si no nos vemos nunca! Y, además, ¿qué quiere decir «salir»?

—¿Qué dices que le dijiste? **¡¡¡No me lo puedo creer!!!** ¡Y por qué no me lo habías contado? ¡Ya te vale! —Ana estaba un poco ofendida.

—Ay, no lo sé, porque decidimos continuar igual, amigos y ya está, o sea que no había nada interesante que contar.

—Uala… Estoy flipando. Qué guay, ¿no? ¡Eso significa que le encantas! Quizá él lo quería hacer oficial… A mí no me ha pasado nunca… —dijo Nadia, pensativa.

Ana estaba mucho más sorprendida.

—Pero ¡yo flipo! ¿Por qué no le dijiste: **«¡¡¡Sí, quiero salir contigo ahora mismo y para siempre!!!»**. ¡¿Acaso no dices que te gusta tanto y que tú también le gustas?!

—Sí, pero ¿y qué? ¡Tengo doce años! ¡Es ridículo salir a esta edad! Además, ¿qué quiere decir «salir»?

—Pues lo que hago yo con Laura. ¿Me estás llamando ridícula entonces?

—Ups. —Nadia miró hacia el suelo, pensando que Goa se había metido en un buen barrizal.

—Ay, no, perdona, no quería decir eso… Quiero decir que…, no lo sé, Laura y tú os veis todos los días, quedáis… **Es distinto.** Nosotros nos vemos cada mil años… No me dirás que no es difícil salir así.

—Sí, tal vez sí… Pero, en plan, no sé, sería guay.

—**¿Salir a distancia? ¡Paso, tiene que ser rarísimo!** Prefiero lo que tenemos, que no sé qué es, pero da igual…

—Tienes razón... ¡Ya podría Klaus venir a vivir aquí!

—Eh, va, que volvemos a ser las últimas, ¡vamos! —les dijo Nadia, a quien no le gustaba llegar tarde.

Entonces Ana, como si ella no se hubiera demorado tanto como Goa, le dijo a su amiga:

—¡Venga! *Go, go, Goa!* —Y se echó a reír—. ¿Lo has oído? ¡He hecho otra! ¡En plan, date prisa, en inglés! ¡Me encantaaa! Ja, ja, ja, ja, ja, ja... ¿Verdad que soy la más ingeniosa? Confirmado. Lo soy.

—Sí, y siempre los haces con mi nombre. ¡¿Quieres parar de hacer juegos de palabras con GOA?! ¿Por qué no los haces con tu nombre?

—¡Porque el mío es aburrido! ¿Qué quieres que haga con Ana?

—Pues no lo sé, pero ¡para!

—Pero si mola mucho: *Go, go, Goaaa!* Ja, ja, ja, ja... Ya tenemos *Oh, my Goa y Go, go, Goa*... ¡Me flipaaaaaa!

—Pfff... Eres muuuuuuy pesada.

—Pero ¡me quieres así! ¿Verdad que sí...?

—No sé, no sé... —respondió Goa, guiñándole un ojo.

¡Claro que la quería! **¿Cómo podía no querer a su amiga más loca, divertida, despreocupada y habladora?**

Nadia y el resto de las chicas del equipo ya estaban calentando cuando Goa y Ana salieron a la pista. Era cierto que últimamente llegaban siempre tarde al entrenamiento, pero es que tenían demasiado trabajo poniéndose al día. No importaba que se vieran también en el instituto: en las tardes de vóley siempre salían temas de conversación y luego, cuando cada una llegaba a su casa, no pasaban ni diez minutos y ya se volvían a escribir para contarse cualquier cosa que les pasara por la cabeza. **Era una amistad tan intensa como ellas mismas.**

¡Bufff!

GOA, TENEMOS QUE HABLAR

—¡La cena está lista! ¡Baja! —gritó Julia desde la cocina.

—¡Ya vooooooy! —respondió Goa desde su habitación.

Intentaba secarse el pelo después de la ducha posentrenamiento mientras se escribía con Klaus por la tableta. **Así, tardaba más de la cuenta, y su madre sabía perfectamente por qué.**

Goa:
¿Qué haces?

Klaus:
Nada, estoy aquí tirado.
¿Y tú?

Goa:

Tengo que ir a cenar, pero he merendado hace poco y tengo cero hambre.

Klaus:

¿Sabes cuándo me entra el hambre a mí?

Goa:

¿Cuándo?

Klaus:

¡A las once de la noche! ¡Mi madre se pone histérica cuando bajo tan tarde y vuelvo a cenar!

Goa:

¿Cenas dos veces?

Klaus:

¡Ja, ja, ja, ja, y tres! Tengo MUCHA hambre.

Julia se sentó a la mesa y esperó pacientemente. No quería empezar a cenar sin su hija, pero estaba tardando mucho. Cogió el móvil y escribió un mensaje a Zu, su amiga y madre de Klaus y Marcus:

Cuando llamas a los chicos a la mesa, ¿también te dicen siempre que ya vienen, pero no llegan nunca? ¡Me saca de quicio cuando Goa hace esto!

—¡Goa! ¡Que se enfría! ¡Haz el favor de bajar, venga!

—¡Ya vooooooy!

—¡No, yo no veo que estés viniendo!

—¡Ay, mamá! —gritó Goa desde el piso de arriba.

¡cuánta prisa!

Cuando por fin llegó a la mesa, ya con el pijama puesto y el pelo todavía húmedo, su madre le dijo, visiblemente enfadada:

—Tenemos que hablar.

—¿Qué paaaaaasa? —respondió Goa, con desgana. Odiaba la frase que Julia acababa de pronunciar.

—Si te digo que bajes a cenar, que la comida está servida y caliente, es para que vengas entonces, no al cabo de diez minutos.

—No he tardado tanto.

—Lo haces cada día. Siempre tengo que esperarte por todo, porque te enganchas a escribirte con Ana, con Klaus o con quien sea. O prestas más atención o retiraremos la tableta a determinadas horas, aparte de las comidas.

—¡Sí, hombre!

—Hablo en serio. **Empiezo a estar harta de que apenas colabores en casa y de que, encima, siempre te tenga que estar esperando, Goa.** Si quieres que la convivencia en casa sea agradable, tú también tienes que poner de tu parte, ¿entendido?

—De acuerdo. Lo siento…

A veces, Julia tenía la sensación de que Goa le decía lo que ella quería oír para que se callara, para que terminara la conversación, como ahora. Se le pasaron las ganas de hablar con ella, porque estaba un poco ofendida, y Goa, que se había dado cuenta, optó por comer en silencio la verdura y la hamburguesa de pollo.

Cuando terminaron, sin intercambiar ni una palabra, recogieron la mesa y se fue tan pronto como le fue posible a su habitación.

A Julia le sabía muy mal que pasaran estas cosas. **Últimamente sentía que tenían pocos espacios donde poder conectar la una con la otra.** La hora de comer o de cenar era un buen momento para ponerse al día, pero cuando se enfadaba con Goa por algún motivo y terminaban comiendo en silencio, después tenía la sensación de que habían perdido una ocasión de estar bien juntas, y eso la hacía sentir mal.

En el piso de arriba, Goa se tumbó en la cama y escribió en el chat que compartía con Bruno y Ana:

Goa:

¿Vuestros padres también se enfadan por todo? ¿Y son muy pesados? Últimamente, mi madre y mi padre no paran de echarme la bronca. Que si no hago nada en casa, que si tardo en bajar a cenar, que les cuento pocas cosas… ¡Solo me dicen movidas negativas! ¡Que me dejen tranquila!

Ninguno de los dos le respondió. Debían de estar cenando aún, de modo que decidió poner música en la tableta y, de paso, mirar el calendario donde apuntaba cuándo tenía que venirle la regla. Estaba muy chafada y con algo de malestar, pero no, todavía faltaba más de una semana para que le viniera. Dejó la tableta y abrió el armario para decidir qué se pondría a la mañana siguiente para ir al instituto. Le encantaba elegir la ropa el día antes porque así podía fijarse mejor, e incluso probársela para ver si le gustaba cómo le quedaba la que había elegido. Por la mañana, en cambio, con el sueño que solía tener, le era imposible utilizar las neuronas para pensar en esas cosas.

«Ya está: mañana los vaqueros ajustados de color azul oscuro y la sudadera blanca que me regalaron por Navidad. **¡Outfit ideal!**».

Me encanta.

En la sala de estar, Julia acababa de recibir un mensaje de Zu, que decía:

> Uf, no me hables. Klaus está desconocido, absolutamente insoportable en casa, de verdad. Antes de ir a Alemania, ya apuntaba maneras, pero desde que ha vuelto, nos enganchamos por todo. ¡Adolescente total, y yo llevo fatal que no sea el de antes!

Julia le respondió:

Te entiendo... Yo a ratos también echo de menos a la Goa de antes, cuando era más pequeña y solo quería estar conmigo... Ja, ja, ja... ¡Qué tiempos aquellos!

En el piso de arriba, para aprovechar que tan solo quedaban cinco minutos para que el control parental bloqueara la tableta, Goa se grabó diciendo:

• REC

UF... ¡Ya estoy harta! ¿Siempre me tienen que echar la bronca? ¿Es que no hago nada bien o qué? Mis padres no me entienden, ¡de verdad! ¡Es curioso que hace un tiempo me parecieran los mejores padres del mundo, porque ahora me parecen los más PESADOS del mundo y de toda la galaxia! En plan... ¿Por qué no me dejan en paz? ¿Por qué tienen que estar tan encima de mí? ¡Para ellos no hago nada bien! De acuerdo, tal vez sí que estoy un poco empanada y no colaboro demasiado, pero es que entre el insti y el vóley no tengo tiempo... ¡Prefiero estar con mis amigos! ¿Acaso ellos no fueron adolescentes? No creo que lo que yo hago sea raro... ¡De verdad, qué ganas de hacerme mayor y controlar yo sola mi vida!

AUTO

Cuando se le bloqueó la tableta, no llegó a tiempo de ver que Klaus le acababa de enviar un mensaje que decía…

«ODIO A MIS PADRES»

Klaus acababa de tumbarse en la cama y había tirado con rabia el móvil encima del cojín. La sudadera estaba en el suelo y el escritorio estaba tan lleno de cosas que no se podía encontrar ni el ratón del ordenador. Pero él, en medio de aquel caos, siempre sabía dónde estaba todo.

Estirado en la cama, apretó la mandíbula con fuerza y se le llenaron los ojos de lágrimas. **Estaba muy enfadado y tenía ganas de salir corriendo de casa o de gritar muy fuerte hasta quedarse afónico.** Estaba convencido de que sus padres no le comprendían y que trataban mucho mejor a Marcus, que, según él, se llevaba todas las atenciones por el hecho de ser más pequeño. A pesar de que en el instituto ya se encontraba mejor (más adaptado y con más amigos), hacía algunas semanas que en su casa estaba de muy mal humor. Por eso, se encerraba en la habitación y jugaba en línea con el ordenador. **Le encantaba porque, de esta manera, podía seguir en contacto con sus amigos de Alemania y no tenía la sensación de estar desconectado de ellos.** Pero Zu lo controlaba: cuando veía que llevaba más de una hora y media jugando, entraba en la habitación y le decía que parara, que hiciera otras cosas o que estudiara.

En el primer trimestre había aprobado todas las asignaturas, aunque en el caso de las matemáticas y la lengua había sido casi de milagro. Aquella noche, Klaus jugaba con Hans, su mejor amigo de Berlín. Habían ido juntos a la misma clase todos los cursos de primaria y, además, habían vivido en la misma calle. Hans no era tan alto como Klaus, pero tenía los ojos azules, de un azul claro que a Klaus le daba mucha envidia. **«Tú eres más alto que yo, pero mis ojos triunfan, y lo sabes», solía decirle Hans para picarle.** De todos sus amigos de Alemania, Hans era al que añoraba más, y tenía muchas ganas de que llegara el verano siguiente y le dejaran pasar unos días en su casa. Mientras jugaban en línea, entró Zu y le dijo:

—Klaus, ya basta, apaga el ordenador. Prepara las cosas de mañana y a dormir.

—Que sí, ya voy.

Normalmente, Zu aceptaba aquella respuesta y volvía al cabo de poco para ver si había apagado el ordenador, pero hacía tiempo que estaba harta de notar que su hijo no le hacía caso. Le dio mucha rabia ver que él le respondía para hacerla callar y le dijo:

—¡¡¡Ahora!!!

—¡Espera a que terminemos la partida!

—Estas partidas no se terminan nunca. ¡Apágalo ahora!

—Un momento, que tengo que despedirme de Hans.

—Te he dicho que lo apagues ahora.

—¡Hostia, qué pesada! —exclamó Klaus, perdiendo los estribos.

—¿Qué me has dicho?

—¡Que eres una pesada, no me dejas hacer nada!

—¡Apaga el ordenador ahora mismo!

—¡¡¡Que sí!!! —gritó Klaus, desconectando el ordenador de mala manera y tirando los auriculares encima de la mesa, con rabia.

GAME
SLEEP
REPEAT

—¿¿¿Perdona??? ¿Se puede saber qué te pasa? Mañana tienes prohibido jugar con el ordenador. ¡Estoy harta! Ahora mismo llamaré a tu padre. ¡Estoy muy harta de este comportamiento! ¡No toleraré que vuelvas a hablarme de esta manera! ¡Hace meses que estás insoportable y ya no sé qué hacer ni qué demonios te pasa!

Zu gritaba, y Klaus también.

—¡Sí, hombre! ¡Me has hecho salir de la partida de golpe! ¿Sabes lo que implica?

—Me da igual. ¡Te he dicho que no!

—¡Pues lárgate de mi habitación! **Ya he hecho lo que querías, ¿no? ¡Pues vete!**

Zu salió dando un portazo y cumplió lo que había prometido: llamó al padre de Klaus. Al cabo de nada entró otra vez en la habitación con el teléfono en la mano y cara de enfado.

—Tienes a tu padre al teléfono. Quiere hablar contigo.

«Mierda», pensó Klaus. Se puso el teléfono a la oreja y dijo:

—¿Qué quieres?

—Tu madre me ha dicho que en casa estás teniendo un comportamiento intolerable y ya empiezo a estar harto, ¿me oyes? Nosotros no te hemos educado así.

—Papá, tú no estás aquí, ¡no sabes nada!

—Klaus, he pasado la Navidad contigo, ¡sé perfectamente lo que sucede!

—No, no tenéis ni idea, porque no sabéis nada de mí, ¡ni me entendéis!

—Pero ¿qué dices? ¡Eso es mentira!

—¡No, no es mentira!

—El mes que viene iré, y **si tu madre me vuelve a decir que le has faltado el respeto, es posible que tengas que volver conmigo a Berlín.** Ya hablaremos.

—¿¿¿Que qué??? ¡Y una mierda! Ahora que me he adaptado, ¿me vais a hacer volver?

—¡He dicho que ya hablaremos! Y ahora vete a dormir, que es tarde. ¿Me oyes? Mañana te llamo.

Klaus colgó el teléfono sin decirle nada más, pero cuando no habían pasado ni dos segundos, ya se estaba arrepintiendo. No deseaba volver a Berlín, pero tampoco que su padre se enfadara con él. En realidad, no quería tener conflictos con nadie, pero sentía un malestar profundo. **Era como si todo lo que había pasado con el divorcio de sus padres y el traslado se hubiera ido acumulando en silencio en su interior, y ahora que parecía que todo iba mejor y que ya se había adaptado a los cambios, aquel malestar volvía a asomar la cabeza.** No entendía nada. ¿Por qué estaba de tan mal humor justamente ahora, cuando parecía que todo iba bien?

Klaus volvió a coger el móvil y escribió a Goa, deseando poder hablar un rato con ella.

Klaus:
Odio a mis padres.

Pero Goa no respondió.

¿QUÉ ME PASA?

Goa se despertó con mucho malestar cuando todavía no hacía ni dos horas que se había dormido. No sabía qué le pasaba, pero se notaba mareada y le dolía mucho la cabeza. Intentó levantarse de la cama, pero todo le daba vueltas y optó por llamar a su madre:

—¡Mamá, mamá!

Julia dormía profundamente y tardó un poco en llegar a la habitación de Goa. Encendió la lucecita de la mesilla de noche e, instintivamente, le puso una mano en la frente.

—¡Uf, estás hirviendo! ¿Qué te duele?

—No lo sé… La cabeza y el cuerpo…

Julia se fue al lavabo y rebuscó en la caja de las medicinas. Sacó un termómetro y volvió a la habi-

¡ES HORRIBLE!

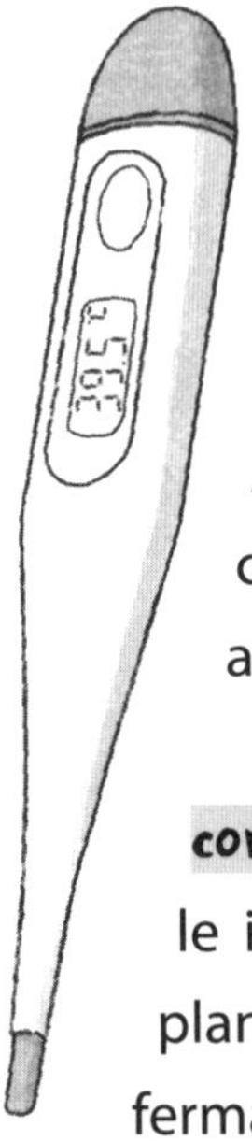

tación de Goa. Se lo colocó bajo el brazo y se sentó a su lado.

—No sé qué temperatura tienes, pero mañana no puedes ir al instituto. Avisaré a la abuela por si puede venir a cuidarte, porque mañana no puedo faltar al trabajo.

Julia hablaba en voz alta, pero era como si hablara consigo misma. La cabeza le iba a toda velocidad con el cambio de planes que suponía que su hija estuviera enferma. Cuando vivía con Alberto, todo era más fácil y podía organizarse mejor, pero desde que se habían separado, en ocasiones como aquella siempre recurría a su madre.

—¡Treinta y nueve y medio! ¡Madre mía, Goa! ¡Cuánta fiebre! Ahora te daré un antitérmico y te pondré una toallita fría en la frente.

Goa se encontraba fatal, pero en aquel momento pensó en Leo y tuvo miedo de haberle contagiado aquel virus que la estaba dejando KO.

Su madre le puso un trapo húmedo y frío en la cabeza y le dio una medicina para que le bajara un poco la fiebre.

Quince minutos más tarde, Goa dormía y tenía la primera pesadilla de aquella noche, en la cual, evidentemente, el mar volvió a hacer acto de presencia, como taaaaaantas otras veces.

Caminaba por un prado precioso que, de pronto, se convertía en una especie de precipicio. A sus pies, la arena y el mar con olas enormes. Aun así, todo el mundo se bañaba y alguien, desde la orilla, llamaba a Goa para que bajara. Ella no estaba demasiado convencida en vista del oleaje, y, además, tampoco sabía por dónde bajar. No quería quedarse sola en el prado, pero tampoco quería acercarse al mar, le parecía peligroso. Aquella indecisión le provocaba mucha angustia. ¿Qué tenía que hacer? ¿Complacer a los demás, a los que la llamaban desde abajo, o escucharse a sí misma y quedarse en el prado, donde se sentía segura?

—Enseguida te encontrarás mejor —le dijo Julia.

Ella, sin embargo, seguía dentro de la pesadilla.

Aquellas dudas y aquella angustia se terminaron de pronto cuando notó que alguien se acercaba a sus espaldas y la empujaba con fuerza... Ella no pudo resistirse y cayó por el precipicio.

—Goa, ¿qué te pasa? Has dado un salto... ¿Estás bien? ¿Estabas soñando?

—¿Quién me ha empujado?

—¿Cómo? No te ha empujado nadie, era una pesadilla.

—Yo no quería caerme.

—Goa, no te has caído de ninguna parte. Tienes mucha fiebre y has tenido una pesadilla, tranquila.

¡menuda mierda!

—¿Qué me pasa?

—Debe de ser un virus... Intenta dormir y descansa mucho, seguro que se te pasará pronto.

«No quiero caer, no quiero caer...», pensó Goa.

¿DÓNDE ESTÁ GOA?

Cuando Ana llegó a la parada de autobús para ir al instituto, Goa no estaba. Siempre era la última en llegar y normalmente iba corriendo y con la chaqueta a medio poner, pero aquel día no la veía por ninguna parte. Ana cogió el móvil y le escribió un mensaje.

Ana:

¿Se puede saber dónde te has metido?
Dentro de un minuto llega el autobús.
¡No me digas que te has dormido!

Pero no hubo respuesta. Cuando llegó al instituto y Bruno vio que estaba sola, le preguntó:

—¿Dónde está Goa?

—Ni idea, supongo que se habrá dormido.

—No me extraña… ¿A quién se le ocurre comenzar las clases a las ocho de la mañana, bro? A mí me entran ganas de tirar el despertador por la ventana cuando suena cada mañana. ¿Están locos o qué? Ya quiero que sea verano. ¿Cuánto falta?

—¡Una eternidaaad! —respondió Ana, desanimada.

—¡Hola! ¡Buenos días por la mañana! ¡Qué frío hace hoy! ¿Dónde está Goa? —preguntó Laura, que, como siempre, llegaba de muy buen humor.

—¡Hola! Ni idea. No me responde a los mensajes. **¡Guau, qué guapa estás hoy! ¿Qué te has hecho?**

—He dormido con unas trenzas muy pequeñitas que me hice con el pelo mojado, y al quitármelas me ha quedado todo ondulado. **¿Verdad que mola?**

—¡Me encanta!

—No quiero interrumpir este momento tan especial de peluquería, pero ya es hora de entrar, ¡que ahora nos toca educación física y es la única clase que me gusta! —dijo Bruno, dejándolas atrás.

—**Qué fucking pereza, ponerme ahora a correr. En serio...** ¿Quién es el loco que pone educación física a las ocho de la mañana? ¿Y quién es el loco que prefiere esta clase antes que estar sentados, calentitos, en el aula?

—Tu amigo Bruno, Ana. Definitivamente, le falta un hervor.

—¡Os he oído! **¡Soy bajito, pero no sordo!** —dijo él, unos metros delante, y ellas se echaron a reír.

Que Goa no hubiese ido al instituto no fue la única novedad del día.

Al acabar la clase de educación física, entraron en el aula, pero la bomba Judit no estaba, y eso era extraño porque, cuando les tocaba clase con ella, siempre llegaba la primera. Pasados ya diez minutos de la hora, entró una chica a la que no habían visto nunca.

—Buenos días —dijo con una voz algo temblorosa—. **Me llamo Valentina y sustituiré unos días a Judit.**

¿Quién eres?

Los alumnos se miraron sorprendidos. Aquel cambio inesperado les daba muchísima pereza.

—**¿Cuándo volverá?** —preguntó una amiga de Laura.

—No se sabe.

—¿Qué le pasa? —preguntó un chico que estaba sentado al fondo de la clase.

—No lo sé.

—¡Jolín! No sabes nada —exclamó el mismo niño.

Valentina puso cara de circunstancias y, por un momento, le entraron ganas de despedirse y de salir pitando. **Solo hacía dos años que había terminado la universidad, y desde entonces había pasado por ocho institutos.** En ninguno de ellos había tenido buenas experiencias. Hacía sustituciones muy cortas y eso no la ayudaba a conocer a los alumnos. Aquel día llevaba unos vaqueros oscuros, unos zapatos con algo de tacón y, en la parte de arriba, una camisa blanca y una americana negra. En los primeros institutos en los que había trabajado, los alumnos le habían dicho que parecía que tuviera la misma edad que ellos, de modo que había empezado a arreglarse un poco más para que la vieran como la persona adulta que ya era. **Aun así, los adolescentes le costaban: los encontraba insolentes y, aunque su propia adolescencia no le quedaba demasiado lejos, no entendía ni su lenguaje ni sus gustos ni sus comportamientos.** Le resultaba infinitamente más fácil conectar con niños más pequeños, como sus sobrinos, de siete y diez años, que la adoraban. Pero con los adolescentes era otra historia.

LA SOPA DE LA ABUELA

Eran las nueve de la mañana cuando Goa abrió los ojos y se sintió como si la hubiera atropellado un camión. Le dolían la espalda, las piernas y la cabeza, y se notaba sin fuerzas. Alargó el brazo para coger el despertador y, al ver la hora que era, trató de levantarse, pensando que se había quedado dormida. Pero le entró un mareo horrible y tuvo que tumbarse otra vez. Entonces recordó todo lo que había pasado aquella noche: **la fiebre, los antitérmicos, su madre durmiendo a ratos a su lado y poniéndole paños húmedos y fríos en la frente, el malestar...**

—¡Mamá! —gritó Goa desde la habitación.

Al cabo de unos treinta segundos se abrió la puerta de la habitación, pero quien apareció no fue su madre, sino su abuela Mercedes.

—Hola, bonita, ¿cómo te encuentras?

—Hola, abuela… ¿Y mamá?

—Tu madre tenía que trabajar hoy sí o sí, y me ha pedido que viniera a cuidarte. ¿Cómo te sientes?

—Fatal.

—Pondremos el termómetro para ver cuánta fiebre tienes.

¡La mejor!

La abuela de Goa tenía un corazón inmenso y siempre quería ayudar; a veces incluso demasiado, y Julia solía quejarse: «¡Mamá, no hace falta que lo hagas todo tú!». Cuando la abuela Mercedes iba a visitarlas, parecía que por la casa estuviera pasando un tsunami: no paraba ni un instante de hacer cosas. Recogía, cocinaba, ponía lavadoras…, y cuando su hija se lo recriminaba, ella siempre respondía: «¡Me gusta ayudaros y me hace feliz!». Goa dudaba que hacer tareas de la casa pudiera hacer feliz a alguien, pero le encantaba tenerla cerca porque era dulce y cariñosa, y además cocinaba como los ángeles.

Mercedes era bajita y redondita, llevaba gafas, y aunque se veía que tenía un montón de años, la energía que tenía la hacía parecer más joven de lo que era en realidad. Le había dado mu-

cha pena la separación de Julia y Alberto, y desde entonces estaba mucho más pendiente de su hija y de su nieta. Julia siempre le decía: «Parece que te dé pena. Me he separado, pero sigo siendo feliz, ¿eh?», y ella le respondía: «Ay, no lo sé... Es que te imagino sola y se me parte el corazón». Julia lo entendía: su madre era mayor y un poco chapada a la antigua, pero a ratos le sabía mal que la mirara con aquellos ojos llenos de lástima.

La abuela fue hacia la mesilla de noche de Goa, cogió el termómetro y se lo colocó debajo del brazo derecho.

—¿Tienes hambre? ¿Quieres que te prepare algo para desayunar?

—No, no tengo nada de hambre.

—Estoy preparando sopa para que por lo menos tomes algo calentito y bueno durante el día.

—Me encanta tu sopa.

—Tú quédate en la cama y, si puedes, duerme un poco más. Ahora vendré a comprobar el termómetro y te traeré un poco de agua.

—¿Me puedes traer la tableta, abuela, por favor? Está en el comedor, donde mamá carga el móvil.

—Ahora te la traigo.

A Goa le costó un gran esfuerzo sentarse en la cama y ponerse un cojín en la espalda para apoyarse en el cabezal. ¡Ella sí que parecía una abuela! ¿Cómo le podía doler todo tanto, incluso zonas de su cuerpo que ni siquiera sabía que existían? Cuando la abuela volvió, le dio la tableta, le quitó el termómetro y dijo:

—Treinta y siete con siete, y eso que tienes el efecto del antitérmico… Parece que este virus todavía tiene para rato…

«Mierda», pensó Goa, que se empezó a agobiar solo de pensar en las clases que se perdería y en el trabajo que se le acumularía si faltaba muchos más días al instituto. Abrió el dispositivo y empezaron a entrar mensajes.

De Klaus:

Klaus:

Odio a mis padres.

De Ana:

Ana:

¿Se puede saber dónde te has metido? Dentro de un minuto llega el autobús. ¡No me digas que te has dormido!

De su padre:

Papá:

Bonita, ¿cómo te encuentras? Mamá me ha dicho que estás enferma. Después te llamaré y hablamos, ¿de acuerdo?

Y de Carla, la mujer de su padre:

Carla:

Goa, ¿cómo estás? Ya me ha dicho tu padre que has pasado una mala noche. A ver si te recuperas pronto. ¿Sabes qué? Hace unos días que Martín ya no llora por las noches e interactúa mucho más. ¡Tiene ganas de verte!

Aunque respondiera ahora, ellos no lo verían hasta que terminasen las clases o saliesen del trabajo, de manera que se puso a mirar Instagram. No le interesaba nada de lo que veía, pero ¿qué otra cosa podía hacer? **No le apetecía leer ni levantarse ni ir a ninguna parte.** Sin embargo, se dio cuenta con rapidez de que en aquella posición tampoco estaba cómoda y se volvió a tumbar. Al cabo de diez minutos, ya volvía a dormir. **Estaba taaan chafada que la cama la atrapó...**

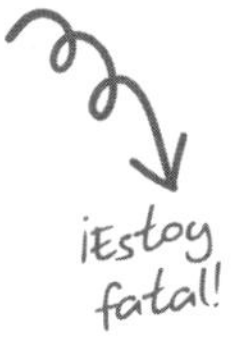

ES MEJOR QUE NO VENGAS

Goa pasó las horas siguientes con fiebre y mucho malestar. Su abuela le hizo beber un vaso de caldo al mediodía y la acompañó al lavabo agarrándola por el brazo cada vez que Goa tenía que ir a hacer pipí. Ella le decía que no era necesario, pero la abuela respondía que con aquella fiebre se podía desmayar y que era mejor que fuera siempre acompañada hasta que se encontrara mejor.

A primera hora de la tarde, cuando el antitérmico que le había dado su abuela hizo efecto, volvió a mirar la tableta. Tenía todavía más mensajes:

Ana:

Niña, me estás asustando.

Ana:

Va, Goa, respóndeme.

Ana:

Go, go, Goa!!!

Ana:

¿Por qué no me contestas?

Ana:

Ahora mismo envío un mensaje a tu madre.

Ana:

¿Y si te ha pasado algo?

Ana:

¡Literal, que me muero!

«Ana, siempre tan intensa», pensó Goa, y le escribió:

Goa:

Yo sí que estoy un poco muerta. Tengo un virus y mucha fiebre. Una buena mierda. Mañana tampoco podré ir. Cógeme los apuntes, por favor.

Al cabo de unos segundos ya tenía la respuesta:

Ana:

¡Aleluya! Ya he hablado con tu madre y me lo ha contado. ¡Estaba histérica, nunca habías estado tanto tiempo sin responderme! ¡Estaba a punto de ir a tu casa y de echar la puerta abajo!

Goa:

¡Exagerada! Tenía demasiada fiebre para contestar.

Ana:

Te perdono. Pobrecita…

Goa:

¿Cómo se encuentra Leo? ¿Y si le he contagiado?

Ana:

Pesado como siempre y en educación física ha saltado y ha corrido como de costumbre, o sea que no te preocupes, ¡está perfecto!

Goa:

OK, me quedo más tranquila.

Ana:

Oye, que si se pone enfermo no es culpa tuya, ¿eh?

Goa:

Ya, pero me sabría mal…

Ana:

Veo que cada vez te cae mejor ese Leo…

Goa:

Ay… No me agobies…

Ana:

¿Sabes qué? ¡Tengo novedades!

Goa:

¿Qué ha pasado?

Ana:

Judit no ha venido al insti y nos han puesto una sustituta que se llama Valentina, que parece que acaba de salir de la universidad y que explica de una manera taaan aburrida y monótona que cuando llevábamos veinte minutos pensé en hacer sonar la alarma de emergencia para que terminara aquella tortura monumental.

Goa:

¿Tan terrible es?

Ana:

No te lo puedes ni imaginar. ¡Es como si le diéramos miedo! Y, claro, los pesados de siempre no paraban de molestar, de interrumpirla... Un horror. Eso con Judit no lo harían ni locos.

Goa:

Uf, vaya palo... Ey, te dejo, que me encuentro fatal.

¡Qué pereza!

Ana:

Ay, pobrecita, que te estoy dando la chapa y tú tienes fiebre... Es que te echo de menos... Recupérate ya, ¿vale? Te quiero. Mejórate.

Goa:

Yo también te quiero.

Ana:

Y yo más.

Cuando Goa dejó de chatear, pensó que tal vez la bomba Judit estaba como ella, en la cama y con un virus tan «bonito» como el suyo. Después respondió a Klaus. **Sin duda, él también había tenido drama en su casa y necesitaba compartirlo y que alguien lo escuchara para poder desahogarse un poco.**

Goa:

Hola, siento no haberte escrito antes, pero estoy enferma. Tengo mucha fiebre desde anoche y me siento como si me estuviera muriendo. ¿Por qué dices que odias a tus padres? ¿Qué ha pasado?

Pero Klaus no respondió. Goa dejó la tableta encima de la mesilla de noche y justo entonces oyó que la abuela llamaba a la puerta de su habitación.

—Tu padre al teléfono. Toma, cógelo, que quiere hablar contigo.

—Hola.

—Hola, guapa, ¿cómo te encuentras?

—Fatal. Me duele todo.

—Ya…, vaya rollo. A ver si te recuperas muy pronto. Hay muchos virus estos días, todo el mundo está igual. Escucha, te quería decir que, aunque mañana te tocaba venir con nosotros, es mejor que te quedes ahí hasta que estés bien del todo. Martín es muy pequeñín y podrías contagiarle. ¿De acuerdo?

—Ah… —Goa no sabía qué decir y optó por decir lo que creía que su padre esperaba de ella—. De acuerdo.

—Bueno, pues mañana te llamo para ver cómo estás. Te quiero.

—Adiós.

Cuando Goa colgó el teléfono, no podía creer lo que su padre le acababa de decir. **¿Que no pisara su casa hasta que se hubiera recuperado del todo?** En aquel momento, Goa se sintió muy mal, como si su padre quisiera quitársela de encima, como si fuera más importante proteger a Martín que preocuparse por su estado de salud.

Cogió la tableta y grabó con una voz apagada y triste.

• REC

Hola. Me estoy muriendo. Me encuentro fatal. Tengo una pinta horrorosa porque me encuentro ultramal, en plan, como nunca, y va mi padre y me llama para decirme no solo que no me viene a cuidar ni a ver, sino que es mejor que no vaya a su casa hasta que me haya recuperado del todo. Y, mientras tanto, mi abuela aquí, haciéndome sopa y cuidándome como siempre. ¡Me da tanta rabia! ¡No me puedo creer que me haya dicho esto! ¡Está más preocupado por su bebé que por si me muero por culpa de este virus! ¡Ya le vale! ¡Cuando esté recuperada del todo, tal vez seré yo quien no querré ir a su casa! ¡Que se quede con su nueva familia!

AUTO

Detuvo la grabación y tiró la tableta encima de la cama. «¡No hay derecho!», pensó, y sintió tanta rabia que notó que los ojos se le llenaban de lágrimas.

NO ME QUIERO MORIR

Goa se pasó toda la tarde durmiendo, bebiendo agua y caldo y yendo al lavabo a hacer pipí. Ni siquiera tuvo fuerzas para mirar Instagram, ver alguna serie o leer, y mucho menos para hacer los deberes. Hacía muchos años que no se encontraba tan mal, y la verdad era que nunca había sido una buena enferma. **No le gustaba nada, y le parecía que la vida, sin salud, era lo más horrible del mundo.** Su madre había llegado a casa por la tarde y le había vuelto a poner trapos húmedos y fríos en la frente. Julia se encontraba inmersa en un proyecto importante del trabajo y justo en estos momentos le resultaba imposible cogerse unos días de asuntos personales para atender a Goa, por lo que aquella noche la abuela Mercedes se quedó a dormir para seguir cuidando a Goa hasta que fuera necesario. Cuando la abuela fue a darle las buenas noches a su nieta y a preguntarle si necesitaba algo, la encontró llorando.

—¿Qué te pasa, mi amor?

—Me encuentro fatal, abuela...

—Ya lo sé… Seguro que tienes la gripe, y aunque no es algo grave, sí es verdad que dura unos cuantos días. Hay que tener mucha paciencia.

Es un rollo encontrarse mal.

—¡No la tengo! ¡Quiero volver al insti y encontrarme bien ya! —dijo ella, alzando el tono de voz.

—Ya lo sé…

Goa lloraba y la abuela le acariciaba el pelo, sentada en el borde de la cama. Julia, al oír el llanto, se acercó a la habitación, pero al ver que su madre ya la estaba atendiendo, se mantuvo al margen.

—Abuela... No me quiero morir...

—Pero ¿qué dices? ¡De esta no te morirás! Tienes un virus y ya está.

—El abuelo se murió después de tener una gripe.

—Ay, Goa, cariño… El abuelo se murió porque tenía ochenta y tres años y una enfermedad crónica en los pulmones. Y sí, la gripe empeoró su

situación, pero no fue lo que lo mató, fue la edad y la enfermedad que tenía.

—Pero yo no me quiero morir…

—Ni yo que te mueras… Ahora te encuentras mal y parece que sea el fin del mundo porque lo vives todo muy intensamente, pero pasará. Tal vez mañana ya te encontrarás mejor. ¡Has salido a tu madre, no sabéis estar enfermas!

—¡Es una mierda!

—Ya lo sé… Una mierda bien grande.

—**Echo de menos al abuelo.** —Goa volvió a echarse a llorar.

—Y yo… Era tan majo, ¿verdad? Aunque a ratos tuviera aquel mal humor que me sacaba de quicio… Pero sí, lo echo de menos.

—Me quería mucho —dijo Goa, entre sollozos.

—Eras la niña de sus ojos. Y ahora te protege desde donde quiera que esté y no dejará que te pase nada malo, ni con este virus ni nunca, ¿me oyes?

—Sí.

—Llora, Goa… Vete a saber cuántos días hacía que llevabas dentro lo del abuelo. **Llora, sácalo todo…**

Julia, que había oído toda la conversación desde el pasillo, tuvo que ir al lavabo a buscar papel para secarse las lágrimas. Ella también echaba de menos a su padre. No habían tenido una relación fácil porque ambos tenían un carácter fuerte y se enganchaban con facilidad, y podían estar días sin dirigirse la palabra, pero **ella sabía que su padre la quería incondicionalmente**. No era de decirle «te quiero», pero, en los últimos años de su vida, los dos se habían ido acercando más. Ella ya no se indignaba tanto cuando no se ponían de acuerdo; en vez de enfadarse con él, le generaba ternura. Él también se había ido ablandando, y aquello los había unido más. Por eso le sabía mal que Goa y Alberto se enfadaran, porque podía entender perfectamente cómo se sentía su hija. Ahora bien, aunque encontraba normal que Goa se quedara en casa hasta que estuviera totalmente recuperada para no contagiar a su hermanito, tenía miedo de que se sintiera desplazada ahora que Alberto y Carla tenían un bebé, porque Julia también se había sentido así de joven y sabía lo doloroso que era.

Cuando la abuela salió de la habitación, Goa tenía fiebre: treinta y ocho con tres. Miró un momento la tableta y vio que tenía mensajes.

Uno de Leo:

Leo:

> Goa, ¿cómo te encuentras? Me ha dicho Bruno que estás KO. Eh, no te rayes por lo que dije en el patio, ¿vale? ¡No te preocupes por nada y recupérate!

«Qué mono Leo», pensó Goa.

Y uno de Klaus:

Klaus:

> Jolín, qué mierda. Ya entiendo que no puedas contestar, ahora lo más importante es que te recuperes. Lo de mis padres, nada, ya te lo contaré cuando te encuentres mejor. ¡Cuídate, leona!

«Mañana llamo a Klaus», se dijo. A él también lo echaba de menos, pero ahora, sinceramente, no quería por nada del mundo que la viera con las pintas que tenía.

Después de cepillarse los dientes, Julia pasó por la habitación de Goa, que ya estaba medio dormida.

—Buenas noches, amor. Te quiero. A ver si hoy pasas mejor noche.

—Mamá… Papá me ha dicho que no vaya…

—Ya lo sé, lo hemos hablado.

—Pasa de mí.

—No pasa de ti, pero Martín es un bebé muy pequeño y tiene miedo de que se ponga enfermo. Además, Goa, ¿has visto cómo estás? No puedes salir de casa, ni ahora ni mañana ni pasado mañana… Este virus te ha dejado KO y lo mejor es que no te muevas de aquí hasta que estés bien del todo. **Quedarte es lo mejor para ti y también para Martín. ¿Lo entiendes?**

—Tal vez… Pero… No sé, ahora tiene una nueva familia y yo no pinto nada. A lo mejor por eso prefiere que no vaya.

—¿Qué dices? Nooo… Es solo porque tú estás enferma y Martín es muy pequeño. Un virus común puede enviar a curas intensivas a un bebé, y eso es algo que puede ser muy peligroso.

—Ah, ¿sí?

—Sí... Y tu padre y Carla lo saben y tienen miedo, es normal.

—Ah... No lo sabía. Yo tampoco quiero que Martín se ponga enfermo.

—Ya lo sé. Por eso es mejor anticiparse y evitar este tipo de situaciones siempre que se pueda, y ya está. La semana que viene irás a su casa, pero esta semana es mejor que la pases aquí. Pero habla con papá, dile cómo te sientes con la llegada de Martín.

—Sí, hombre, yo paso.

—Te iría bien hablarlo con él.

—No, estoy molesta.

—De acuerdo, pero **cuando se te pase el enfado, habladlo**. Va, ahora duérmete. A ver si ya no te sube tanto la fiebre. ¿Cómo te encuentras ahora?

—Fatalísimo, me duele todo el cuerpo.

—Ya. **Vamos, ya pasará.** Te quiero.

—Yo también.

LA VIDA CONTINÚA

Goa todavía seguía enferma y aquel era el tercer día que faltaba al instituto. **La vida, sin embargo, continuaba sin ella.**

La sustituta de Judit, Valentina, intentaba poner orden en una clase que no sabía controlar. Era inexperta y no sabía cómo conectar con los adolescentes. A ella lo que le gustaba era la lengua (por eso había estudiado Filología), pero no había encontrado trabajo de lo que en realidad le hubiera gustado: en una editorial. Había ido a parar a la enseñanza por una serie de carambolas y no por vocación. Por lo tanto, todavía se estaba adaptando a la relación con los adolescentes. A menudo se sentía insegura y, cuando se equivocaba o la contradecían, se ponía muy nerviosa. Como tenía el pelo largo y llevaba gafas, agradecía profundamente que le escondieran las gotas de sudor que a veces le caían por las comisuras de las orejas.

Los más rebeldes no paraban de buscarle las cosquillas y era realmente difícil explicar el temario preparado para aquellos días. El resto de los alumnos, que también sufrían las consecuencias de aquel desconcierto, empezaban a estar cansados, y la desmotivación y las pocas ganas de trabajar se habían ido contagiando. **Ana deseaba que llegara el día en que volviese a entrar en clase la bomba Judit. Aquel ambiente le resultaba insoportable. Y, encima, Goa no estaba.**

¿cuándo volverás, Judit?

A la hora del patio, Bruno y Leo jugaban al baloncesto, y como Laura y Ana no querían estar todo el rato solas, habían empezado a tratar más con las chicas que Laura ya conocía y con quienes se había relacionado antes de empezar a salir con Ana. A ella le caían bien, pero echaba de menos aquellos ratos de patio con Goa y el resto de la pandilla. Le parecía que con ellos había más confianza y se reían mucho, pero, sobre todo, tenía la sensación de que podía mostrarse tal como era, sin filtros, diciendo bobadas y haciendo tonterías. Laura, en cambio, estaba muy cómoda con esas chicas y le hacía feliz ver que Ana se abría, porque, cuando estaba con Goa, no le interesaba nada hacer nuevos amigos; decía que ya tenía su pandilla.

En vóley, aunque también la echaba de menos, tenía a Nadia, y como entre ellas no charlaban tanto, aquellos días estaban llegando a la pista de las primeras.

—**¿Te das cuenta de que has salido del vestuario antes que la mayoría, Ana? ¡Se nota que Goa no está!** Por cierto, ¿sabes cómo se encuentra? —preguntó Nadia.

—Según ella, medio muerta; según su madre, tiene un virus normal y corriente.

—¡Pobrecita, siempre tan intensa! Si hablas con ella, dile de mi parte que se recupere, ¿vale? Se lo diría yo, pero como no le puedo enviar mensajes… ¿Sabes cuándo tendrá móvil

A Nadia todavía no le dejaban tener Instagram y Goa no tenía móvil donde instalar el WhatsApp, así que o se llamaban por el fijo o no podían hablar.

—Creo que le dijeron que al cumplir los trece, pero vete tú a saber… **¡Su padre cree que los móviles son el demonio!**

—Como el mío con las redes sociales. Me tiene frita, siempre me dice que no. Que me van a estropear el cerebro. ¿Tú cómo lo hiciste para que te dejaran tener de todo?

5

¡Sí, sí, sí!

—No hice nada, mis padres dicen que sí a casi todo, y cuando dicen que no, insisto un poco y enseguida ceden. No sé, creo que se sienten culpables por haberse separado cuando yo era tan pequeña, ¡y ahora dicen que sí a todo lo que les pido para que no me traumatice! —Ana se echó a reír—. ¡No deben querer pagarme el psicólogo! Ja, ja, ja…

A Nadia le cambió la cara.

—¿Qué quieres decir? Yo voy a una psicóloga. ¿Qué pasa? Me está yendo muy bien tener a alguien con quien hablar de cómo me siento realmente; además, me dice cosas que me ayudan. Al principio no quería ir, pero la verdad es que mola mucho poder contar a alguien toda la mierda que llevo dentro y sentir que no me juzga y que me ayuda…

—Ah…, es verdad. No digo nada, en plan, me parece genial que vayas y tal vez yo también debería ir. Y me alegro mucho de que te vaya bien, Nadia, en serio. Pero mis padres prefieren pensar que estoy superbién y que todo va de fábula. Me dicen que sí a todo, yo no me enfado y ellos creen que así ya está todo perfecto.

—¿Y no estás bien?

—¡Vamos, chicas! ¡Basta ya de cháchara! ¡Tres vueltas corriendo a la pista, empezamos el calentamiento! —les dijo el entrenador.

—Ya hablaremos —dijo Ana, y se puso a correr pensando en la conversación que acababan de tener.

«¿Estoy bien?», se preguntó, y se dio cuenta de que, en general, sí, pero que a ratos también se sentía triste o sobrepasada. Desde que le había venido la regla, tenía aquellos cambios de humor que siempre había deseado, pero ahora ya no le gustaban tanto. En ocasiones, lo veía todo negro y, otras veces, todo le parecía maravilloso; lo de estar subida en una montaña rusa de emociones también le cansaba un poco. Pero entonces, mientras corría por la pista, se dijo a sí misma: «¿No querías hacerte mayor? ¡Pues, hala, aquí lo tienes!».

¿HABLAMOS POR FOTO?

Klaus se estaba preparando para ir a entrenar, y justo cuando estaba a punto de colgarse la bolsa al hombro y salir de casa, recibió una notificación de Instagram. **Estaba convencido de que sería un mensaje de Goa, pero de pronto vio en la pantalla que quien le había escrito era una tal Susaaana38.** Tenía la certeza casi total de que se trataba de la Susana de su clase.

¡Ups!

«Uf, qué pereza», pensó. Entró en Instagram y, efectivamente, era ella. Leyó:

Q1

Susana:

¿Quieres que hablemos por foto?

Klaus pensó que hablar por foto era más fácil que con palabras, de modo que no contestó y le envió una foto de su bolsa junto a la puerta.

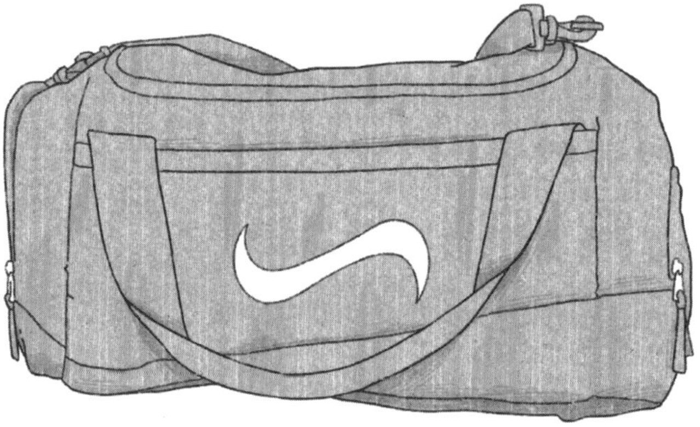

Guardó el móvil en el bolsillo de la chaqueta y salió a la calle pensando que no quería que ella le dijera nada más. No porque no le cayera bien, sino porque le incomodaba que estuviera colgada de él (eso era lo que le decía Víctor) cuando él estaba colgado de Goa. No quería hacerle daño ni que se hiciera ilusiones... Pero iban juntos a clase, también era normal hablar con ella y tener relación, ¿no?

Para quitarse aquella sensación de mal rollo, escribió a su amigo Víctor.

Klaus:

Susana quiere hablar conmigo por fotos.

Víctor debía de estar apalancado en la habitación jugando con el ordenador como hacía la mayoría de las tardes, porque enseguida le respondió.

Víctor:

Susana no SOLO quiere hablar contigo por fotos, ya te lo he dicho mil veces: ¡le molas!

Klaus:

¿Y qué hago?

Víctor:

¡¿Tengo que explicarte cómo se hace lo de hablar por fotos?!

Klaus:

¡No, idiota! Pero, no sé, ¡no quiero que piense que quiero algo con ella!

Víctor:

¡Que piense lo que quiera! ¡Tú tampoco estás saliendo con Goa! ¡No hagas un drama!

Klaus:

Mmm... No.

Víctor:

¿Entonces? ¿Por qué te sientes culpable?

Klaus:

¡No me siento culpable!

Víctor:

¿Seguro? Mira, hagamos una cosa, le envías un mensaje y le dices que tu amigo Víctor es la caña y que estaría encantado de salir con ella, ¿vale?

Klaus:

¡Sí, hombre, estás loco!

Víctor:

Tío, somos amigos, ¿no?

Klaus:

¡Díselo tú, yo paso!

—Mierda —dijo Klaus, de pronto.

Klaus:

Me acaba de enviar un mensaje que no es una foto.

Víctor:

¿Y qué dice?

Klaus hizo una captura de pantalla y se la envió a Víctor. El mensaje decía: «¿Quieres que quedemos un día tú y yo por el centro?».

¿Y ahora qué?

Víctor:

¡GUAU, está colgadita la tía!
¿Qué le vas a decir?

Klaus:

¡Que no, que paso!

Víctor:

¿Por qué no?

Klaus:

Porque paso, no quiero, no me gusta.

Víctor:

¿Y cómo se lo dirás?

Klaus:

¡Yo qué sé! Te dejo, que estoy llegando al entreno.

Era mentira. Klaus todavía tenía que caminar siete minutos más, pero quería dejar de hablar con Víctor. Se estaba rayando y poniendo de mal humor. ¿Qué le diría a Susana? Si le decía la verdad, podía ofenderse, y tampoco quería que pensara que él era un estúpido. No quería herir sus sentimientos, pero tampoco mentir. «Vaya mierda», pensó, y decidió que ya respondería más tarde. Necesitaba pensar.

1

VUELVO A SER PERSONA

Aquel jueves por la mañana, cuando Goa se despertó a las once sin fiebre, escribió a Klaus:

Sabía que nadie respondería, porque todos estaban en el instituto, pero siguió escribiendo a sus amigos. Primero, al chat que tenía con Ana y Bruno.

Goa:

Vuelvo a ser persona. Hecha polvo, pero persona. Mi madre dice que hasta la semana que viene, nada de insti. No quiero ni pensar en el trabajo que se me debe de estar acumulando. Moriré. Tal vez cuando yo regrese también vuelva Judit, es posible que tenga un virus como el mío. ¿Cómo va con la tal Valentina?

Y a Leo:

Goa:

Eh, ¿qué pasa? No has pillado el virus, ¿verdad? Tenía miedo de habértelo contagiado. Espero que no. Vuelvo a ser persona, pero todavía estoy hecha polvo. Encontrarse mal es un asco. He pensado mucho en tu hermana, pobrecita… Me sabe mal.

Giró la cámara de la tableta y se miró. Habría grabado una entrada para su videodiario personal, pero se vio tan fea después de tantas y tantas horas en la cama que lo dejó correr. Por primera vez en todos aquellos días, bajó a la cocina a desayunar. Se sentía con pocas fuerzas, pero estaba más animada y tenía hambre. La abuela, siempre tan atenta, ya le había preparado una tostada con aceite, sal y queso, y un vaso de leche con dos galletas.

—¿Te apetece lo que te he preparado? Qué alegría que vuelvas a tener hambre… Lo peor ya ha pasado, ¡ahora a recuperarte bien, y el lunes al instituto!

—Sí que me apetece, ¡tengo un hambre!

Justo entonces sonó el timbre de casa.

—Uy, ¿quién debe de ser ahora? Tal vez mi madre espera algún paquete. —Mercedes fue a la puerta y cuando abrió dijo—: Ay, Alberto, ¡qué sorpresa! ¿No trabajas hoy?

—Sí —dijo él, entrando en la casa—, pero tengo una reunión dentro de media hora muy cerca de aquí y me he escapado un momento para ver a Goa. ¿Está en la habitación?

—No, mira, la tienes en la cocina por primera vez en todos estos días.

Alberto asomó la cabeza por la puerta y saludó a su hija.

—Hola, guapa, ¿qué tal?

El padre de Goa llevaba puesta una mascarilla, y a ella se le hizo muy extraño verlo así. Desde la pandemia no se la veía puesta. ¿En serio?

Mercedes buscó una excusa para dejarlos solos.

—Voy arriba, que quiero poner una lavadora.

Goa saludó a su padre con un gesto, sin demasiado entusiasmo.

—Hola.

—¿Cómo te encuentras?

—Fatal.

—¿Todavía?

—Claro, ¡he pasado tres días con treinta y nueve de fiebre!

—Ya me lo ha ido contando mamá… Lo siento.

—Ya.

—¿Te pasa algo?

—Que estoy enferma.

—Me refiero a algo más… ¿Estás enfadada?

—No.

—Lo parece.

—Qué le vamos a hacer.

—Goa, venga, ¿qué te pasa? Estás de mal humor.

—¿Yo? ¿Y tú, que no me quieres en tu casa y hasta hoy no me has venido a ver, y encima te presentas con mascarilla, como si tuviera la peste?

—No he podido venir antes, lo siento. Y ya te lo expliqué, no queremos que Martín se ponga enfermo.

—Pues ya puedes irte, no sea que te contagie.

—Goa, no seas injusta.

—Déjame.

—Te estás comportando como una niña mimada que solo se mira el ombligo. Hay vida más allá de ti, ¿lo entiendes?

A Goa se le llenaron los ojos de lágrimas. Qué rabia le daba lo que le acababa de decir su padre. ¡No era injusta, estaba dolida! Y triste porque su padre no la cuidaba cuando ella más lo necesitaba

y porque ahora la reñía aun sabiendo que todavía estaba enferma. No pudo más y se fue llorando a su habitación. No quería estar enfadada, pero verlo con mascarilla le había hecho sentir una rabia repentina.

Al oír que Goa subía, Mercedes bajó a hablar con Alberto.

—¿Qué ha pasado?

—Está enfadada conmigo porque dice que he tardado en venir a verla y porque no entiende que es mejor que no venga a nuestra casa hasta la semana que viene, cuando esté totalmente recuperada.

—Se ha encontrado muy mal estos días. Me decía, incluso, que no se quería morir.

—**Cuando se pone de esta manera, es imposible razonar con ella.** A veces es muy dramática, ¡y me pone nervioso! En fin, me voy a trabajar. Cuídate, Mercedes. Hasta la próxima.

—Adiós, Alberto.

Cuando cerró la puerta, Mercedes suspiró y pensó que el único problema que había entre Goa y su padre era que los dos eran demasiado orgullosos.

—**En según qué cosas, son clavados** —se dijo a sí misma en voz baja.

¿¿¿QUE QUÉ???

Aquel fin de semana, a Goa se le empezaba a caer la casa encima. Hacia cinco dias que iba de la cama al sofá y del sofá a la cama, y ahora, aunque ya casi estaba recuperada, todavia tenia tos y mocos. Se le había pelado la parte inferior de la nariz de tanto sonarse y aquello fue lo que le dio más vergüenza que viera Klaus en la primera videollamada que hicieron desde que Goa había pillado el virus.

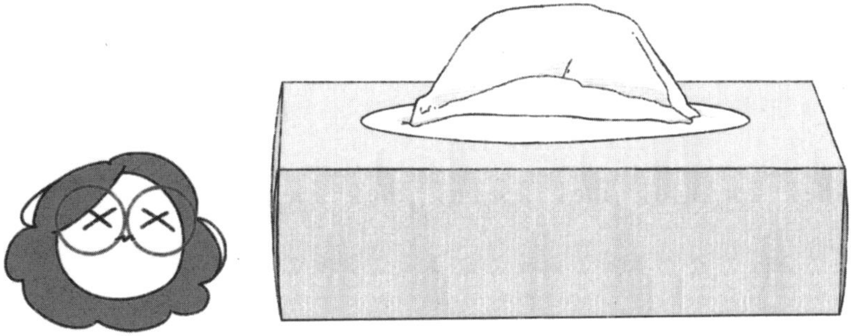

—**¡Estás viva!** —exclamó Klaus al verla al otro lado de la pantalla.

—¡De milagro! Llevo tres días con treinta y nueve de fiebre, literal. Un horror. ¡Casi me muero!

—¡Qué exagerada, solo era un virus!

—¿Exagerada? Cuando estés tú tres días con treinta y nueve de fiebre, ya hablaremos.

—Mira, hace dos años, en Berlín, pasé una pulmonía y estuve una semana en el hospital. Te gano.

—Ostras, no lo sabía. De acuerdo, tú ganas. Pero ha sido una tortura, en plan, espero no volver a ponerme enferma nunca más.

—¡Tú flipas! ¿Ya te encuentras bien o qué? Porque tienes una mala cara…

—¡Hombre, gracias!

—No, quiero decir que… En plan… De acuerdo, la he cagado. Ja, ja, ja… **Olvida lo que acabo de decir, tú siempre estás guapa.**

Goa sabía que aquella frase era para arreglar lo que acababa de decir dos segundos antes, pero igualmente le gustó mucho que Klaus le dijera que siempre estaba guapa.

—Va, cuéntame lo de tus padres, ¿qué pasó?

—Ah, aquello... Uf... Ya han pasado unos cuantos días.

—¿Ya no los odias?

—No tanto... No lo sé, dicen que soy insoportable, que me porto mal en casa, que hablo fatal a mi madre...

—¿Y es verdad?

—Hombre... Un poco sí. **Es que a veces, solo de verla, ya me pongo de mal humor porque sé que me criticará por cualquier cosa o que me reñirá... Y no sé...** Siempre me está dando el coñazo con el ordenador, y me controla, y no lo soporto. Y cuanto más me controla, más rabia me da y peor la trato, y cuanto peor le hablo, más me controla...

Goa escuchaba en silencio. **Era evidente que Klaus necesitaba desahogarse; posiblemente todavía no había hablado con nadie de aquel tema.** Y se notaba que necesitaba hablar. Él siguió contándole lo que había pasado:

—Pero lo que me reventó fue que mi madre llamó a mi padre un día que tuvimos movida en casa por el ordenador, y él me dijo que, si cuando venga dentro de tres semanas mi madre le dice que continúo igual, es posible que tenga que volver a Berlín a vivir con él.

—**¿¿¿Que qué???** —A Goa casi le da un infarto cuando se imaginó a Klaus viviendo otra vez en Alemania.

—Lo que oyes. Me indignó. O sea…, ¿de qué van?, pero ¿qué se han creído, que soy un paquete de Amazon?

—¡Qué fuerte! ¿Y tú que dijiste?

—¡Que ni de coña! Pero no sé, es que no me escuchan. Solo critican todo lo que hago y no tienen en cuenta ni lo que me pasa ni cómo me siento ni nada. **Ya paso de ellos... No hay nada que hacer.**

—Pero ¿tú se lo has dicho?

—¡No se puede hablar con ellos!

—Hombre, yo conozco a Zu más que a tu padre, pero diría que sí que se puede hablar con ella. Tu madre es muy guay…

—¡Sí, claro, porque no es la tuya!

—Vale, de acuerdo…, pero tal vez puedes decirles que no quieres ir a vivir a Berlín… **Porque… no quieres, ¿verdad?**

—Hace un tiempo habría dicho que sí sin pensármelo dos veces, pero ahora no sé… Ya he hecho amigos en el insti, me he adaptado y no quiero más cambios. Que me dejen en paz.

—Si te fueras, nos veríamos todavía menos que ahora…

—Ya…

Hubo un silencio. **Ninguno de los dos se atrevió a decir «te echo de menos», pero tanto Klaus como Goa deseaban oírselo decir al otro.** En vez de eso, se despidieron de un modo algo incómodo, sin saber qué más decir.

—Tengo que dejarte, que voy a estudiar.

—De acuerdo. Bien, ya nos veremos.

—Sí, ya nos veremos.

—Vale, adiós.

—*Ciao*.

¡CUÁNTOS DEBERES!

El domingo, antes de que Ana y Nadia llegaran, Goa ordenó su habitación. Estaba muy nerviosa. **Hacía tantos días que no las veía en persona que sentía que, si tardaban media hora más, no lo podría soportar.** Les abrió la puerta, las abrazó como si hiciera diez años que no se veían y las tres subieron corriendo a encerrarse en la habitación y empezaron a ponerse al día de todo lo que había pasado aquella semana, tanto en el instituto como en los entrenamientos de vóley y en el partido que Ana y Nadia habían jugado el día anterior y que, para variar, habían perdido.

—¡Qué drama que tienes debajo de la nariz, Goa! ¡Te debes haber sonado mil quinientas veces!

—No, más, tres millones de veces… No se lo deseo ni a mi peor enemigo. Odio los mocos, literal. **¿Tan horrible estoy?**

—No. Horrible no. Solo que tienes el labio hecho trizas —se rio Ana.

—¿Qué llevas ahí, Ana? —dijo Goa para cambiar de tema, señalando una carpeta enorme que su amiga llevaba bajo el brazo.

—**Un regalito para ti: todos los deberes que me han dado los profes para que recuperes el tiempo perdido...** Más vale que te pongas las pilas, porque, menos en la clase de Valentina, donde no hemos hecho nada porque se pasa el rato intentando poner orden, en el resto de las asignaturas no han parado de ponernos deberes y exámenes.

—Uf, qué palo. A nosotras también nos cargan de trabajo, pero yo aprovecho mucho las clases y al final no tengo que llevar demasiados deberes a casa. ¡Por suerte! —dijo Nadia.

—Porque tú eres casi superdotada y, además, no tienes a Ana a tu lado hablando todo el rato, ¡que me distrae mil!

¿salsa de la vida? Pero ¿qué dices?

—¡No soy superdotada! ¡Qué exagerada!

—Eh, Goa, no me critiques, que gracias a mí las clases se te hacen mucho más divertidas, ¿o no? **Tienes la salsa de la vida a tu lado, o sea yo.**

—Entonces ¿me has echado de menos esta semana?

—No mucho… —dijo Ana para provocar un poco a su amiga.

—Ah, ¿no? ¡Cómo te pasas, yo a ti sí! ¡Como tienes a la novia en clase no echas de menos a nadie!

—Que noooooooooooo… **Claro que te he echado de menos. ¿Cómo quieres que no te eche de menos si eres la niña de mis ojos?** —le dijo mientras la abrazaba con fuerza y le daba besos en la mejilla.

Nadia reía con ganas al ver el espectáculo que estaban haciendo sus dos amigas.

—Ayyy…, ¡que me haces daño! Déjame, ¿no ves que estoy convaleciente?

—Ay, pobre, ¡qué palo lo de los virus! Mi hermana Aya se pasó toda la noche del jueves vomitando, y yo encerrada en mi habitación rezando para que no me contagiara. La cosa que más odio en el mundo es vomitar. ¿Sí o no?

—¡Puaj! ¡Es asqueroso! Pero la diarrea es mucho peor. Yo la odio con todas mis fuerzas, ¡porque un día que tenía un virus me cagué encima y no me moló nada! ¿Te lo imaginas? CAGARME ENCIMA, en plan, sin poderlo controlar, los pantalones del pijama llenos de mierda… **¿Te lo puedes creer?** ¡¡¡Fue magnífico!!! —Las dos amigas escuchaban la historia de Ana y no paraban de reír—. En fin… Toma, Goa, aquí lo tienes todo. Si después, cuando lo mires, tienes alguna duda, me lo dices, ¿vale? Ah, y el miércoles que viene hay examen de inglés y de mates. **Que dices, en plan, si la semana del insti tiene cinco días, ¿no podrían poner los exámenes separados?** Pues no, el mismo día. ¡Es que son lo peor, bro!

¡Qué asco!

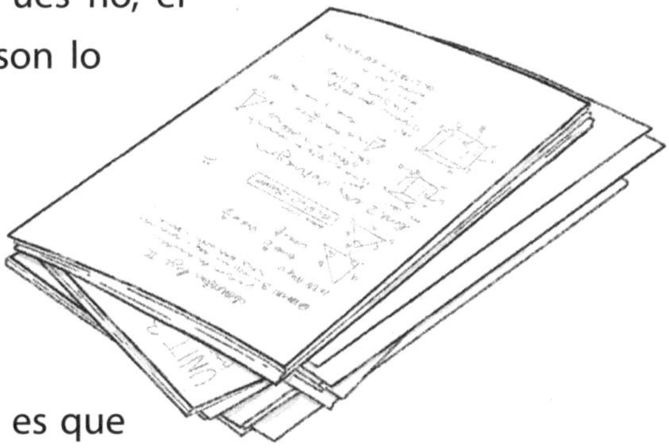

—¿Ahora también dices «bro»? —preguntó Nadia, echándose a reír.

—Sí, ¿qué pasa, o es que solo lo pueden decir los chicos?

—Tú, bro —dijo Goa con sorna—, explícame qué ha pasado esta semana.

—Pues básicamente que espero que Judit vuelva pronto, porque con Valentina las clases son caóticas y al final salgo con la cabeza como un bombo. Nadie le hace caso, no consigue explicar nada... Es un palo, ya lo verás.

—Uf, pues se me han quitado las ganas de volver.

—¿Y qué más? Bruno y Leo se han pasado los patios jugando al baloncesto y hemos hecho cero pandilla. Yo he estado con Laura y con sus amigas.

—¿Y cómo ha ido? —le preguntó Nadia—. ¿Te caen bien?

—Sí, son majas, pero mola más cuando nos encontramos nosotras... Tenemos que quedar alguna tarde, ahora que ya estás buena. ¿No, Goa?

—**¡Ana, yo siempre estoy buena!** —dijo Goa, paseándose por la habitación como si fuera una modelo.

—Sí, supersexy, ¡lástima que la parte de abajo de la nariz se te caiga a tiras!

Goa protestó tirándole un cojín, y eso desencadenó una guerra de cojines y un ataque de risa que duró un buen rato. Entre la tos que todavía tenía y el hartón de reír que se estaba dando, Goa se había quedado sin aliento, y se dio cuenta de que estaba más chafada de lo que pensaba. Pero qué bonito era poder recuperar la normalidad con sus amigas. **Goa volvía a ser feliz.**

Pero le duró poco.

Cuando, al cabo de una hora y media, Ana y Nadia volvieron a sus casas y se sentó a mirar con calma todos los deberes que se le habían acumulado durante la semana que no había ido al instituto, pensó que le iba a dar algo. **¿Cómo lo haría? ¡Había muchas cosas! Y, encima, el miércoles tenía los exámenes de inglés y de mates. ¿Cuándo estudiaría?** El corazón se le aceleró y se puso de mal humor. ¡Maldito virus!

¡NO VOY A PODER!

DESUBICADA

Cuando el lunes volvió al instituto, Goa se sintió muy desubicada después de una semana de ausencia. De entrada, vio que Ana hablaba mucho con las amigas de Laura, con una complicidad que ella no había visto nunca. Le resultaba extraño, como si de repente todo hubiera cambiado. **Ya no eran solo ellas dos y el resto del mundo, sino que ahora Ana trataba con mucha otra gente de la clase y, en cambio, ella no.** A la hora del patio, Bruno y Leo volvieron a jugar al baloncesto, y ella hizo lo que hacían Ana y Laura, que era encontrarse con otras chicas de la clase. No es que no le gustara, es que le gustaba más lo que había hecho las últimas semanas: sentarse en las escaleras donde daba el sol con Bruno, Leo, Ana y Laura. Quería volver a aquello, pero parecía que todo había cambiado.

¿Qué ha ocurrido?

Después del patio les tocaba clase con Valentina, y Goa ya vio, a los pocos minutos, que aquello era un desbarajuste. Todos actuaban como si no hubiera ningún adulto en el aula: algunos tiraban aviones de papel, otros charlaban como si estuvieran en una cafetería, Leo y otro chico se pasaban una pelota entre las mesas... Mientras tanto, Valentina intentaba, sin demasiado éxito, que le hicieran caso. Amenazaba y se quejaba, pero no conseguía imponerse, y daba la sensación de que nadie la tomaba en serio, como si, simplemente, estuvieran esperando a que volviera la profe «de verdad», que era Judit.

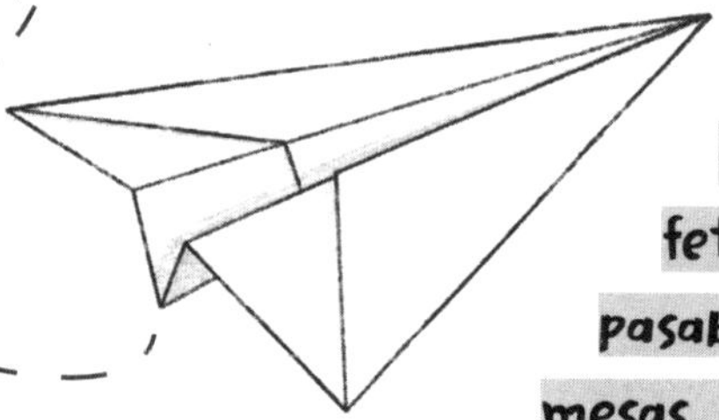

A Goa, aquella situación la ponía nerviosa. Le sabía mal por Valentina, porque, aunque no la conociera de nada, se ponía en su lugar y sentía mucha impotencia. Por otro lado, también veía que aquella chica no hacía lo mismo que otros profesores: creer que allí mandaban ellos. Lo decía todo con tan poca convicción y se la veía tan insegura, que era natural que nadie le hiciera caso. Además, les hablaba como si fueran niños de primaria, y aquello le producía una cierta vergüenza ajena.

—Esta chica debería buscarse otro trabajo, con niños de parvulario o vendiendo lavadoras. Los adolescentes no son su fuerte, ¿te has dado cuenta? —le dijo Ana.

—Pobrecita, me da pena. Todo el mundo actúa como si no estuviera.

—Porque no está. ¿No lo ves? Nos habla como si tuviéramos ocho años, me da *lache*, y, claro, todo el mundo pasa de ella porque nadie se la toma en serio. ¡Es como si no supiera que habla con adolescentes!

—Aun así, me da pena. **¿Qué le pasa a Judit? ¿Por qué no vuelve?**

—Nadie nos lo ha dicho, no tengo ni idea. Pero espero que vuelva pronto, porque esto es un infierno.

Goa seguía teniendo un poco de tos y le costaba respirar hondo. Tenía la sensación de que los pulmones no se le acababan de llenar, de modo que cada vez intentaba hacer una respiración más profunda que la anterior.

—¿Qué haces? —le preguntó Ana.

—Ay, no lo sé, noto la respiración rara… Como si no se me llenaran del todo los pulmones.

—Debe de ser ese virus que has tenido. Ya se te pasará. Va, cuéntame, ¿qué sabes de Klaus?

—**¿¿¿QUERÉIS PARAR???** —gritó de pronto Valentina, como si estuviera poseída, y todo el mundo guardó silencio—. **¡Sois insoportables! ¡Es imposible impartir clase y os debería dar vergüenza!**

De pronto, se le llenaron los ojos de lágrimas y salió corriendo. En clase, el silencio se mantuvo un rato más. Los chicos y las chicas estaban boquiabiertos: ¿se había echado a llorar delante de ellos? Algunos se sintieron algo culpables, pero focalizaron su atención en ella.

—¡Uala, qué fuerte! ¡Se ha echado a llorar! —dijo Leo.

—¡Hombre, es que no me extraña, os habéis pasado mil pueblos! —dijo una amiga de Laura que le sacaba un palmo a Goa.

—Si no sabe tratar con adolescentes, que no se dedique a esto, ¿a mí qué me cuentas? —dijo Max, uno de los más rebeldes de la clase.

Todos se pusieron a comentar la jugada entre ellos, pero Goa no participaba. En primer lugar, porque no sabía demasiado bien qué había pasado aquellos días y en segundo lugar, porque estaba totalmente obsesionada con respirar y llenar sus pulmones completamente de una vez. **¿Cuándo se encontraría bien del todo?**

¿ESTÁIS SALIENDO O NO?

Aquella misma tarde Goa estaba tan cansada que no tuvo fuerzas para quedar con nadie. La primera mañana en el instituto, después de haber pasado una semana en casa confinada en la cama, había sido estresante y notaba la falta de energía. Se quedó en casa de su madre intentando ponerse al día con los deberes que tenía acumulados. Justo cuando estaba a punto de resolver un problema de mates, que seguramente entraría en el examen del miércoles, recibió una notificación de

Instagram. Era una solicitud de mensaje de una tal Susaaana38.

Goa pensó que debía de ser alguna chica del instituto y la abrió para leer lo que le decía.

Susaaana38:

Hola. Klaus y tú… ¿estáis saliendo o no?

y tú, ¿quién eres?

«¿¿¿Perdona???», pensó Goa. ¿¿¿Quién era esta Susaaana y por qué le hacía esa pregunta??? No supo qué responder, así que, antes de decirle nada, envió una captura de pantalla del mensaje al chat que tenía con Ana y Bruno.

Goa:

¡Flipad!

Ana:

¿Quién es esta?

Goa:

Ni idea. Pero ¿a ti te parece normal?

Ana:

Si no sabes quién es, debe de ser que ella conoce a Klaus, ¿no? Espera, la voy a intentar stalkear, a ver si tiene la cuenta abierta. ¡Soy espía, baby!

Tras una pausa, Ana volvió a escribir:

Ana:

Cuenta privada, y foto de perfil de una puesta de sol. Mierda. Pregúntale a Klaus si la conoce.

Goa:

¡Qué vergüenza! ¿Y si no es nadie que él conozca y se cree que estoy loca y que vuelvo a estar celosa como aquella vez con la goma? Paso.

Ana:

¡Seguro que la conoce! ¿Quién sabe lo vuestro? ¡Solo nosotros, tus amigos, y no andamos explicándolo por ahí! ¡Tiene que ser alguien que conozca a Klaus!

Goa:

Vaya mierda. ¿Y a ella qué le digo?

Ana:

¡No respondas hasta que no sepas quién demonios es! A ver si es alguien que te quiere estafar... Hay que ir con mucho cuidado con las redes sociales, porque el otro día dijeron en las noticias que hay gente que se hace pasar por adolescentes y resulta que son viejos de cuarenta años que envían mensajes hablando de nuestras cosas y diciendo «bro» y palabras tipo así para que creas que son como tú.

Goa:

Ay, vale, vale... No me agobies.

Ana:

No te agobio, es la verdad. Tú pregúntale a Klaus si sabe quién es, a ver qué dice.

En aquel momento, Bruno apareció en el chat.

Bruno:

Uala, qué directa, ¿no? ¿Y qué le importa a ella si salís o no?

Ana:

Bruno, ¡porque debe de querer saber si Klaus está disponible!

Bruno:

O sea, ¿que le gusta?

Goa:

A ver, todavía no sabemos quién es. ¡Yo tenía que estudiar y hacer los deberes, no liarme con estas cosas!

Goa respondió un poco agobiada y Ana, que sabía perfectamente que su amiga se estaba empezando a colapsar, escribió:

Ana:

¡Va, tranqui…!

Goa:

Bufff... Venga, os dejo.

Ana:

¡Informa a tu espía favorita de lo que descubras!

Goa habría sonreído si no fuera porque aquel tema no le hacía ninguna gracia. Dejó aparcados los deberes y los exámenes, se armó de valor y escribió a Klaus.

Goa:

¿Tú conoces a una tal Susaaana38?

Klaus no respondía. Goa intentó volver a concentrarse en el problema de matemáticas que había dejado a medias, pero no hubo manera. Al cabo de diez minutos, la pantalla de la tableta se iluminó.

Klaus:

Sí, es la Susana de mi clase.
¿De qué la conoces?

BOOM.

Era amiga de Klaus. ¿Por qué le había hecho aquella pregunta tan personal a ella si no la conocía de nada? ¿Y cómo la había encontrado?

Goa:

Pues porque me ha preguntado por Insta si tú y yo estamos saliendo.

Klaus:

¿Estás de coña?

¡FLIPA!

Goa:

En absoluto.

Klaus:

¡Joder! Víctor es un bocas. Lo mato.

Goa:

¿Quién es Víctor?

Klaus:

Un amigo mío. Estoy casi seguro que le ha hablado de ti a Susana y le ha dicho cómo te llamas y todo eso.

Goa:

¿Por qué me pregunta esto?

Klaus:

Porque, según Víctor, le gusto, y debe de querer saber si estoy contigo o no.

Goa se quedó helada. Es verdad que alguna vez había pensado que tal vez en el instituto de Klaus podía haber alguna chica colgada de él, pero eran ideas que tuvo hace ya tiempo. Desde antes de Navidad, se sentía muy segura con él, y el tema de la goma también había hecho que se relajara y confiara más en Klaus. Pero ahora que le había contado quién era aquella tal Susana, la sensación de seguridad se tambaleó. **¿Y si era más simpática que ella? ¿O más divertida? ¿O más guapa? ¿Y si no llevaba gafas y no tenía el pelo ingobernable como ella**?

El cerebro le iba a mil por hora, y no precisamente para decirle cosas bonitas. Tenía que hablarse mejor a sí misma, como les había enseñado la bomba Judit, pero en momentos como aquellos lo olvidaba. Klaus y Susana se veían cada día en clase y podían hacer muchas más cosas juntos… Y si esa chica se había atrevido a escribirle aquel mensaje, era de cajón que estaba colgadísima de Klaus.

«Mierda», pensó.

Klaus:

Pero a mí me gustas tú, no ella.

UFFF. Aquella frase detuvo en seco la mente de Goa. Solo con aquellas ocho palabras, había pasado del nerviosismo a la calma en un solo instante.

Goa:

Y tú a mí.

Klaus:

Pues ya está. Olvídalo.

Goa:

¿Y no le respondo?

Klaus:

Como quieras, pero no tienes ninguna obligación de responderle. Ya se las apañará.

Cuanto más hablaba con Klaus, más tranquila se quedaba. No respondería al mensaje, lo acababa de decidir.

QUE NO VUELVA A SUCEDER

Qué alivio sintieron todos cuando aquel martes entraron en el aula y vieron a la bomba Judit. **Por fin había regresado y por fin se acabaría aquel desbarajuste que había con su sustituta.** A medida que los alumnos iban entrando en la clase, todos la saludaron con entusiasmo, pero ella, con una cara muy seria, se limitó a decirles:

¡Viuaaa!

—Sentaos.

No respondió a ninguna de las preguntas que le hacían: que por qué no había ido al instituto, que si había estado enferma… Solo los miraba con cara de enfadada mientras esperaba pacientemente a que todos se sentaran en sus sitios. Finalmente, después de un silencio que pareció eterno, empezó a hablar.

—He faltado una semana y un día al instituto, y no por ganas. Y solo habéis tardado una semana en hacer llorar a mi sustituta. **Le dije que erais un grupo muy majo, que todo iría bien, que os hacíais querer...** Y lo que me encuentro pocos días después es a una profesora que no os quiere volver a ver ni en pintura porque le habéis amargado TODAS las horas que ha pasado con vosotros. Me habéis decepcionado, y os juro que no me lo esperaba. **¿Alguien me puede explicar por qué la habéis tratado tan mal?**

Nadie se atrevía a hablar con una Judit tan enfadada. Pero ella no aflojó y siguió insistiendo para que le contaran qué diablos había pasado aquellos días.

—Si queréis que os entienda, tendréis que contarme lo que ha pasado, necesito tener la versión de los hechos desde vuestro punto de vista. Va, hablad. No os quedéis todos callados, porque, si no, no puedo entender la situación. A ver, ¿quién quiere decir algo?

Por fin, alguien se atrevió a hablar.

—Es que nos trataba como si tuviéramos ocho años y daba unas clases superaburridas.

—**¿Y qué más?** —Judit quería hacerlos hablar y que lo sacaran todo.

—No lo sé, era un palo —dijo Max.

—**¿Por qué era un palo?** —preguntó Judit.

—Hablaba flojito y lo explicaba todo de manera muy aburrida, como si le importara cero motivarnos o hacer que nos interesara lo que decía.

—**No era nada enrollada**, parecía que no le gustara ser profe, como si lo hiciera para ganar dinero y ya —añadió un amigo de Max.

—¿Algo más?

—No tiene ni idea de adolescentes... —dijo Jess, una chica que tenía un año más porque había repetido sexto en el colegio.

—De acuerdo, ahora que me habéis explicado vuestros motivos, tenéis que saber que no hay ninguno que justifique que la tratarais con desprecio y que pasarais de ella como de la mierda, ¿me oís? Que sea joven, que haga poco tiempo que se dedica a esto y que todavía necesite aprender muchas cosas no os da ningún derecho a tratarla mal. **Precisamente, cuando alguien se siente inseguro y vulnerable, es cuando más debemos esforzarnos para ayudarlo, no para hundirlo.** Si alguna otra vez, por algún motivo, no puedo venir a daros clase, espero que no me vuelvan a decir que sois insoportables, porque yo sé que eso NO es verdad. **Os lo digo muy seriamente: espero más de vosotros.** Que no vuelva a suceder.

Todos tenían la cabeza gacha. Visto así, sí que se sentían un poco culpables, y tal vez ahora, después de las palabras de Judit, habrían hecho las cosas de una manera un poco distinta, pero ya era demasiado tarde. Ana, que no soportaba los momentos tensos, intentó romper el hielo, preguntándole sin miedo:

—¿Y por qué no has venido?

—Porque se ha muerto mi padre, y necesitaba unos días para llorarlo con tranquilidad.

Ana se arrepintió infinito de haber hecho aquella pregunta. **El silencio se hizo todavía más pesado y largo, y ninguno de los alumnos supo qué decir.** Todos sentían pena por Judit e, inevitablemente, se pusieron en su lugar y se imaginaron cómo se sentirían ellos si murieran sus padres. Goa, que hacía días que no quería saber nada de Alberto y que todavía estaba muy enfadada con él, tuvo, de pronto, ganas de verlo y de abrazarlo.

Por fin, fue Ana quien volvió a hablar.

—Lo siento.

Y lo decía de verdad. Sentía que hubiera muerto el padre de Judit y sentía haberle preguntado por qué había faltado. Tenía la sensación de haber metido la pata, pero la profesora no parecía incómoda, solo emocionada.

Judit respiró con fuerza, dijo «gracias» e intentó concentrarse en lo que tenía que explicar aquel día, pero entonces se fijó en una niña que había en primera fila, Clemen, a la cual le caían lágrimas sobre la mesa.

—Clemen, ¿qué te pasa? —le preguntó Judit con un tono muy distinto al que había utilizado unos minutos antes.

La chica no podía hablar, y Judit le dijo:

—¿Es por algo personal o por lo que acabo de decir?

Con muchas dificultades, Clemen respondió:

—Porque se ha muerto tu padre.

Se hizo un silencio, y en aquel momento Judit se dio cuenta de que había más chicos y chicas con los ojos anegados de lágrimas; entre ellos, Leo y Goa. **A su edad, todos tenían las emociones a flor de piel, y a la mínima hacían acto de presencia de un modo evidente.** Por lo tanto, no era raro que tratar aquel tema tan sensible, y más viniendo de Judit, a quien todos apreciaban tanto, los hubiera dejado muy tocados.

¿QUÉ HAGO, JULIA?

Mientras todo esto sucedía en el instituto, unos kilómetros más allá, Julia recibía una llamada de Zu.

—¿Puedes hablar?

—Espera, salgo un momento.

Julia trabajaba en el Departamento de Innovación y Desarrollo de una empresa que le permitía teletrabajar un día a la semana. Era una empresa relativamente grande, y en su departamento había cinco personas más. Zu, por su parte, era maquilladora profesional y trabajaba, principalmente, para el sector de la moda y la publicidad. Aquella mañana libraba, pero le tocaría trabajar todo el fin de semana y tendría que dejar a sus hijos en casa de sus padres. Para que nadie oyera la conversación (Zu no habría llamado a Julia al trabajo si no se tratara de algo importante), la madre de Goa salió a un pasillo que quedaba alejado del resto.

—Dime.

—Perdona que te llame ahora, pero Dietrich me ha dicho que llega esta tarde. Creía que vendría dentro de unas semanas, pero dice que viene a pasar este finde, que quiere ver a los niños y que quiere que hablemos ya con Klaus sobre si vuelve a Berlín o no. **A mí me parece precipitado...** Se lo dijo a él primero sin hablarlo antes conmigo, y aunque es cierto que Klaus está muy desagradable últimamente, obligarlo a volver a Berlín me parece excesivo, justo ahora que empezaba a adaptarse. ¿Tú cómo lo ves?

—Creo que antes de hablar con Klaus deberíais hablar con calma Dietrich y tú, ¿no?

—Es que dice que viene con el tiempo justo y quiere que hablemos esta tarde con él, y Klaus se va a poner hecho una furia.

—Ya... Te entiendo. Tú respira, hablad primero un rato vosotros dos y después ya llamaréis a Klaus, ¿no?

—Ay, no lo sé... Quizá les pediré a los padres de un amigo de Marcus si esta tarde puede ir un rato a su casa y ya cenaremos todos juntos por la noche, cuando todo este más claro. Porque, si no, tal vez llega y nos encuentra discutiendo…

—**No te imagines lo peor, todavía no sabes qué pasará.** Tú ten claro lo que les quieres decir a Klaus y a Dietrich y ve paso a paso, ¿de acuerdo? Llámame por la noche y me cuentas cómo ha ido, ¿vale?

—Sí. ¡Gracias, Julia!

—¡De nada! Ah, y por cierto…, ¿has pensado qué vais a hacer para el puente de carnaval? Los niños tienen fiesta el lunes… Tal vez podríamos ir a la nieve o hacer alguna cosa juntos, ¿no? Me toca estar con Goa.

—Todavía no lo sé… Esperemos a ver cómo estamos todos y te digo algo, ¿de acuerdo? Ahora solo puedo pensar en la conversación de esta tarde.

—Ay, perdona, tienes razón. Lo entiendo perfectamente. ¡Va, que vaya MUY bien!

—¡Gracias, guapa! ¡Besos!

Cuando Zu colgó, Julia pensó que sería un error hacer volver a Klaus otra vez a Berlín. Lo había pasado muy mal al dejar a los amigos y la vida que conocía en Alemania para empezar de cero en otro país. **Además, Julia era consciente de que, si finalmente Klaus se iba, para Goa iba a ser un golpe muy duro.**

QUE NO SEA TABÚ

En vista de lo tocados que se habían quedado los alumnos después de que les dijera que su padre había muerto, Judit decidió que tal vez lo mejor sería hacer una pausa y hablar de ello. **Si ahora cambiaba de tema, quizá interpretarían que no quería hablar o que la muerte era un tema tabú, y Judit quería transmitir que con ella no había NINGÚN tema prohibido.** La mejor manera de conseguirlo era abrir el espacio para la conversación.

—¿Hay alguien que me quiera preguntar algo? Veo que os habéis quedado un poco impresionados. Supongo que no lo esperabais y tal vez por eso lo que os he dicho os ha generado preguntas o malestar. Podemos hablarlo, si queréis.

—¿Cómo estás? —preguntó Ana, que se había quedado algo triste por haber abierto la caja de Pandora.

—Me duele un poco el corazón cuando pienso que no lo volveré a ver, pero estoy tranquila porque sé que está bien, que **juntos vivimos cosas muy bonitas y que lo llevaré conmigo para siempre.**

—¿Y de qué murió?

—De mayor. Tenía ochenta y ocho años y el cuerpo le dijo basta.

—¡Vaya mierda! —dijo Bruno.

—Sí... Lo es, pero la vida es un ciclo. Lo importante es disfrutar del tiempo que tenemos para estar juntos, aprovechar cada instante, querernos, tratarnos bien, vivir plenamente..., porque eso es lo que nos queda cuando alguien se va: todo lo que hemos vivido y compartido juntos.

—¡Sigue siendo una mierda! —insistió Bruno. Aquel tema le ponía de mal humor.

—Te entiendo, Bruno, y también entiendo que ahora solo tenéis doce años y que la muerte es un tema que a veces no se termina de asimilar hasta que uno es mayor y puede aceptar que la muerte también forma parte de la vida. Pero creedme: cuanto menos miedo os dé la muerte, mejor viviréis esta vida. Porque habéis venido a vivirla y a disfrutarla, no tengáis ninguna duda, ¿de acuerdo?

Entonces habló Leo, que en lo de pensar en la muerte les llevaba mucha ventaja a los demás.

—Mi hermana está enferma desde hace mucho tiempo y es posible que algún día se muera. Y sí, es un palo, pero también es una mierda no poder disfrutar de la vida, como le está pasando a ella, que siempre está enferma y sufriendo. Yo aprovecho cada momento que tenemos juntos. **Nos reímos, jugamos y nos escribimos cartas, porque a veces nos resulta más fácil decirnos las cosas por escrito que cara a cara.** Ella dice que no piensa morirse y que me enterrará a mí con la cantidad de cartas que me escribirá durante toda su vida. Yo no quiero que se muera, pero ha estado tan a punto que estoy

Love total.

ATE OF MI

preparado. O tal vez no, pero quiero pensar que sí, porque pensarlo me hace sentir mejor.

GUAU. El silencio en la clase era absoluto.

Al final, quien lo rompió fue Judit.

—Leo, muchísimas gracias por compartir lo que estás viviendo con tu hermana. Seguro que no es nada fácil... Siento mucho que esté enferma. Pero has dicho cosas muy importantes que demuestran cómo os queréis y cómo, cuando la muerte nos toca, debemos asumirla y transitarla... Deseo que tu hermana viva muchos años, y quiero que tengas claro que tanto tus compañeros como yo estamos aquí para lo que necesites, ¿de acuerdo?

—Ya lo sé.

Ahora Goa todavía tenía más ganas de llorar y de abrazar a todo el mundo. ¿Por qué se preocupaba por tonterias que no eran nada importantes? Que si los exámenes, que si los deberes que se acumulaban, que si su padre con mascarilla, que si el mensaje de una desconocida de la clase de Klaus... ¡¡¡Era todo insignificante en comparación!!! Ahora lo veía claro. Lo más importante era lo que sentía por la gente a la que quería, y no veía la hora de abrazar a sus padres y a su hermanito Martín, de llamar a la abuela Mercedes y darle las gracias por haberla cuidado... Y, sobre todo, de salir al patio a decir a todos sus amigos lo mucho que los quería.

Cogió una hoja de papel y escribió una nota.

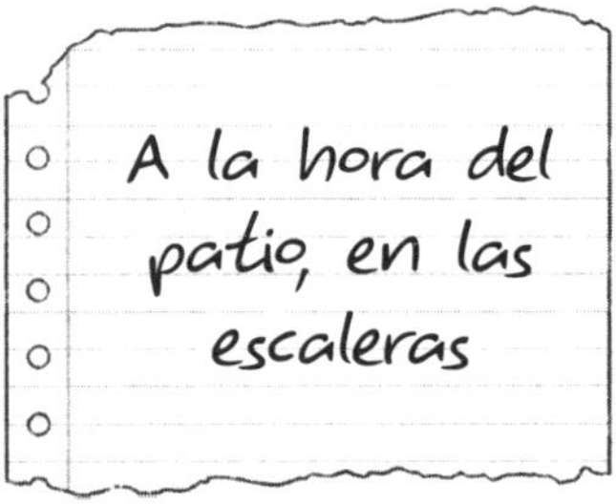

Pasó la nota a Ana y después, como pudo, a Leo, a Bruno y a Laura. Cuando sonó el timbre del final de la clase, fueron todos directos al punto de encuentro que les había indicado Goa, y cuando llegaron...

—¿Qué pasa? ¿Qué nos quieres decir? —saltó Bruno, lleno de curiosidad.

—Ay, sí, qué misterio con lo de la nota —dijo Ana, a quien le encantaban estas cosas.

—Nada, ¡¡¡que sois los mejores y que os quiero mucho y os quiero abrazar muy fuerte!!!

Abrió los brazos y todos se le acercaron, mirándose con sorpresa. No esperaban lo que acababa de decir, pero les vino bien para poder expresar

que ellos también sentían lo mismo; tras la conversación en la clase, aquello era justo lo que necesitaban.

Cuando estuvieron todos apiñados, Ana se puso a saltar y a gritar «¡Eh! ¡Eh! ¡Eh!», y el resto hizo lo mismo, gritando y riendo.

Un profesor de guardia miraba la escena desde lejos y pensó que la etapa de la adolescencia era muy curiosa, y que aquella escena era una buena muestra de ello.

¿QUIÉN ERES?

Al llegar a casa, Goa estaba muy sensible. Había sido una mañana muy intensa en el instituto, hablando de la muerte, reencontrándose en las escaleras con sus amigos…, y todo ello le hizo pensar en las cosas realmente importantes y en las que no lo eran tanto. Cogió la tableta y entró en Instagram. Buscó el mensaje que le había enviado su padre y le escribió:

Goa:

Papá, siento lo que pasó el otro día. No me encontraba bien y estaba un poco celosa de Martín y de cómo lo intentabas proteger. A veces siento como si me quedara fuera de vuestra familia…, aunque sé que no es verdad. Te quiero.

Cuánto bien le había hecho escribirle aquello a su padre... No le gustaba estar enfadada con él. Justo entonces vio que todavía no había respondido a aquella solicitud de mensaje de Susana. Pensó que lo mejor era sacárselo de encima, o sea que la aceptó y respondió como si no tuviera ni idea de quién era.

Goa:
¿Quién eres?

Acto seguido, abrió la mochila y se puso a sacar todo lo que necesitaba para el examen de mates del día siguiente. Su padre la pasaría a recoger al cabo de una hora y media, ya que aquel día tocaba cambio de casa. Hacía muchos días que no estaban juntos y que, por lo tanto, tampoco veía a su hermano Martín ni a la mujer de su padre, Carla.

¡PING! Ruidito en la tableta y nueva notificación.

Suaaana38:
Voy a la clase de Klaus.
Soy amiga suya.

A Goa se le aceleró el corazón, pero pensó que lo mejor era hablar claro.

Goa:

¿Y por qué me preguntas esto?

Suaaana38:

Porque Víctor, otro de la clase, me ha dicho que Klaus y tú estáis juntos y, si es verdad, paso de quedar con él. Pero, si no estáis juntos, quiero quedar con Klaus porque me mola.

BUUM.

¡Qué directa!

Goa no se lo podía creer... ¿Qué se hacía en estos casos? ¿Qué le tenía que decir? Klaus y ella habían decidido que no estaban juntos, pero, en el fondo, sí que lo estaban, porque se gustaban el uno al otro. **No sabía qué eran, pero no eran simplemente amigos. Ahora se arrepentía de lo que le había dicho en Nochebuena...**

Si Goa le decía a Susana que no estaban juntos, ella le tiraría los tejos y querría quedar con él. En cambio, si le decía que sí que salían juntos, tal vez ella lo dejaría correr… Pero no quería mentir, y optó por decirle:

Goa:

Mira, yo no te conozco de nada. Si quieres saber algo, habla con Klaus.

Es que… ¿de qué iba aquella chica? **¿Por qué se metía en su vida si ni siquiera se conocían?** Volvió a leer el mensaje que le había escrito y estuvo muy orgullosa de sí misma. Hizo una captura de pantalla y la envió al chat que tenía con Bruno y Ana.

El primero en responder fue él, que era un gran defensor de sus amigos.

Bruno:

¡Superbuena respuesta, eres una crack! ¿Qué se ha creído? ¡Que te deje en paz!

Y Ana no tardó nada en añadir:

Ana:

Go, go, Goa! ¡Con dos ovarios! ¡Sí, señora! ¡Ahora, a ver qué le dice Klaus!

De repente, a Goa le entraron todos los nervios y se le instalaron en la barriga. Si él le decía que no salían juntos, ¿quedaría con Susana? Pero Klaus le había dicho que quien le gustaba era ella... **¡Ay, menudo lío!** ¿Cómo iba a estudiar para el examen de mates? **¡¡¡SOCORRO!!!**

Intentó concentrarse, pero no tuvo demasiado éxito, porque los pensamientos la devolvían constantemente a Klaus, Susana y todas las cosas que habían pasado aquel día. Cuando su padre tocó el timbre, ella todavía estaba poniendo las últimas cosas en la bolsa. La cerró, bajó corriendo y, al verlo, le dijo:

—Hola, papá.

Le dio un abrazo. Alberto se sorprendió. Estaba claro que todavía no había leído el mensaje.

—Hola, guapa. ¡Qué recibimiento! ¡Qué bien! ¿Cómo estás?

—Bien. No has leído mi mensaje, ¿verdad?

—No, ¿cuál?

—Te he escrito por Instagram.

—Ostras, no lo he visto. Es que no tengo costumbre de entrar… Después lo leeré.

Alberto ya no llevaba mascarilla y hablaba con ternura. **Se alegró mucho de encontrar a Goa tan receptiva y de saber que le habia enviado un mensaje.** Últimamente, les costaba menos comunicarse por escrito que cara a cara.

—Tengo muchas ganas de ver a Martín —dijo Goa.

—¡Qué bien! Seguro que lo encontrarás muy cambiado, hace muchos días que no lo ves. ¡Está guapísimo, ya lo verás!

Y de pronto, aunque Goa echaba de menos a Martin y tenia muchas ganas de verlo, notó un pinchazo de celos que se le colaba por debajo de las costillas.

LA REUNIÓN QUE KLAUS NO ESPERABA

Zu intentó que Dietrich, el padre de Klaus, quedara primero con ella a solas antes de reunirse los tres, pero él le dijo que no podía y que iría directamente a su casa a primera hora de la tarde, cuando Klaus ya hubiera vuelto del instituto.

Dietrich siempre había sido bastante impulsivo y, cuando se proponía alguna cosa, quería empezar y terminar rápido. No soportaba a la gente que dilataba las cosas, los proyectos o las conversaciones. Él, que era un hombre alto, todavía con bastante pelo, pero con muchas canas, y con una cicatriz en el labio de cuando era pequeño, era de ideas fijas. Cuando Zu le había llamado aquel día para desahogarse tras la enésima discusión con Klaus por el tema del ordenador, Dietrich no interpretó que fuera una llamada para contarle, como parte implicada, todo lo que estaban viviendo en casa, sino que lo vio como un grito de auxilio. Y él, cuando le pedían ayuda, actuaba. El problema era que Zu no lo había llamado para que él actuara, ni creía que fuera necesaria ninguna acción fulminante. Ella lo había llamado para tenerlo al corriente del malestar de Klaus, para pedirle si podía hablar con él e intentar entender qué le pasaba y encontrar el modo de ayudarlo, no para pasar a la acción con soluciones drásticas que no gustarían a Klaus ni tampoco, por descontado, a Zu.

Ella no quería separarse de sus hijos por nada del mundo, aunque últimamente la convivencia con su hijo mayor no fuera fácil. **A veces tenía la sensación de que su mera presencia activaba el mal humor de Klaus, y eso le entristecía mucho.**

Cuando Dietrich llegó a casa de Zu, se dieron dos besos en la mejilla y un abrazo. Hacía mucho que no se veían y, aunque tenían una relación cordial, fue inevitable que en aquel acercamiento notaran cierta tensión.

—¡Klaus, ya he llegado!

«¿Qué necesidad había de hacer salir a Klaus de la habitación ahora mismo? ¿Por qué no podían

hablar un momento a solas?», pensó Zu. Pero Dietrich siempre iba a lo suyo, independientemente de los deseos o de las preferencias de los demás, por eso Zu se había separado de él, porque sentía que ni la tenía en cuenta ni la veía.

Klaus salió de la habitación al oír a su padre.

—¡Papá! ¡Hola!

Se abrazaron.

—¿Qué, nos sentamos? —preguntó Dietrich, y Klaus se puso en tensión. No tenía ningunas ganas de sentarse con sus padres, y todavía menos de escuchar lo que ya sabía que le dirían: que estaba teniendo un comportamiento nefasto—. Tu madre me ha ido informando de todo lo que está pasando en casa últimamente. ¿Me puedes contar lo que te sucede?

¡Qué pereza!

—No lo sé —dijo Klaus.

—Dice que estás insoportable.

—Dietrich, por favor…

Zu no quería que pusiera aquellas palabras en su boca, ahora que se suponía que estaban teniendo una conversación civilizada. Temía que, si Dietrich se ponía demasiado duro, Klaus se cerrara en banda y no les contara lo que le pasaba, en caso de que le estuviera ocurriendo algo.

—De acuerdo, pues habla tú… —dijo el padre de Klaus.

—Klaus, estamos un poco preocupados por ti. Te noto distante, de muy mal humor y muy enganchado a las pantallas.

—Mamá, pero ¿qué dices?, si solo juego algunos días, y poco rato. ¡Siempre estoy en el instituto, o entrenando, o jugando algún partido, o estudiando para los exámenes! En serio, si supieras cuántas horas juegan algunos que yo conozco, fliparías.

—**A nosotros nos da igual lo que hagan los demás, nos importas tú** —dijo su padre—. ¿Te pasa algo? ¿Por qué estás de tan mal humor?

—Porque soy adolescente, ¡yo qué sé! Pero tú también estás muy encima de mí —dijo, mirando a Zu—, y no me dejas vivir.

—¡Porque estoy preocupada, no te veo bien!

—**¡¡¡No estabas tan preocupada cuando os divorciasteis y me estropeasteis la vida!!!** —explotó Klaus—. Ahora no vengáis a fingir que os preocupáis por mí…

—Klaus, ni se te ocurra gritarnos. Somos tus padres, ¡un poco de respeto! —exclamó Dietrich, levantando la voz.

—Pues claro que nos preocupamos por ti, y en aquel momento nos pareció la mejor opción —dijo Zu, con cierto sentimiento de culpa.

—Pues si estás así porque no quieres vivir aquí, puedes venir a Berlín, ya lo hemos hablado tu madre y yo.

Zu miró a Dietrich, asombrada. Pero ¿qué decía? No lo habían hablado, lo había decidido él solo, como siempre.

—Eso no es cierto... No lo hemos hablado.

—¿Cómo que no?

—Pues que no lo hemos hablado. Lo propusiste sin que lo hablásemos y yo no lo veo nada claro.

—A ver, me llamas el otro día quejándote, y cuando busco soluciones, ¿también te quejas? **No hay quien te entienda. Entonces ¡¡¡¿por qué me llamas?!!!**

No discutáis, por favor.

—¡¡¡Porque eres su padre, porque tal vez lo puedas ayudar y porque, como parte implicada, creo que debes estar informado de cómo veo a nuestro hijo!!!

El tono de voz entre los dos había ido subiendo y, de pronto, Klaus recordó todas las discusiones que había tenido que presenciar cuando sus padres vivían juntos y cuántos malos ratos le habían hecho pasar. Lo último que quería era volver a aquello de lo que ya creía haber escapado.

—¡Esto es lo que os debería preocupar! Discutir delante de mí no os parecía una mala idea cuando vivíamos en Berlín y, por lo que veo, ahora tampoco. ¿Y luego me preguntáis que qué me pasa? **¡Vosotros sois lo que me pasa!** ¡Y no, papá, no quiero

volver a Berlín! Dejad de marearme de una puñetera vez.

—**¡Klaus, esa boca!** —dijo Dietrich, indignado.

Pero Klaus ya se dirigía a su habitación, preparado para dar un buen portazo. Se tumbó en la cama y se echó a llorar, lleno de rabia.

LO PEOR DEL MUNDO

Martín dormía en brazos de Carla, que lo llevaba en una mochila portabebés mientras terminaba de preparar la cena. **De tan pegado que estaba a su madre, Goa casi no le veía la cara, ni si había cambiado tanto como decía su padre.** Le dio un beso a Carla y fue a instalarse a su habitación. Hacía tantos días que no entraba que ya no recordaba que la última vez se había olvidado aquella sudadera de color verde intenso que le gustaba tanto. Se tumbó en la cama con los apuntes de
Q1 matemáticas, y se disponía a seguir estudiando cuando la tableta se iluminó.

Klaus:

¿Estás ahí?

Era Klaus, que le enviaba un mensaje.

Goa:
Sí.

Klaus:
¿Puedes hablar?

Goa:
Sí.

En realidad, debería haberle dicho que no y ponerse a estudiar, pero entre las matemáticas y Klaus, la elección era fácil. Al cabo de poco la pantalla de la tableta volvió a iluminarse avisando de una videollamada entrante de Klaus.

—¡Hola!

—¡Hola! Uy, qué cara. ¿Qué te pasa?

—Mi padre se acaba de ir. Ha venido porque tenía una reunión en Barcelona y creo que pasaremos el fin de semana con él en la playa, en el piso de su amigo, pero se ha presentado en casa hace un rato para meterme la bronca.

—Ah, ¿sí?

—Que si me porto fatal y yo qué sé qué más. Total, que al final, en vez de hablar de mí y de lo que me pasa, han acabado discutiendo entre ellos dos, como siempre, como si yo no estuviera allí delante, viéndolos y escuchándolos.

—Uf… Qué palo.

—Siempre lo hacían. **Discutir. Todo el rato. Criticarse: «Es que tú haces…», «Es que tú no haces…», y así hasta el infinito.** Al principio, supongo que iban con más cuidado y solo lo hacían cuando estaban en la habitación y tal, pero, en plan, cuando empezaron a estar peor, discutían en todas partes y delante de todo el mundo. Un día, en casa de mis abuelos, montaron un pollo tan grande que mi abuelo los hizo salir al jardín. ¡Imagínate! ¡Y luego me preguntan por qué estoy tan distante! ¡Pues porque he aguantado tantos malos rollos vuestros que se me ha hecho una bola dentro y tengo ganas de vomitar!

Realmente, Klaus estaba muy enfadado. Goa no lo había visto nunca así, tan afectado y triste. Se le veía en la cara que había llorado. **Tenia los ojos hinchados y rojos. Goa sintió una gran ternura y muchas ganas de abrazarlo.**

—Me gustaría estar contigo y poder ayudarte.

—Ya me ayudas.

—No mucho, no sé qué decirte. Mis padres también se separaron, pero no discutían así.

—Qué suerte. **Es lo peor del mundo, te lo juro.** Lo peor.

—Lo siento.

—Y, encima, mi padre me ha dicho que, si quiero, vuelvo a Berlín, ¡y le he dicho que ni de coña y que dejen de marearme!

—¿Y él qué ha dicho?

—No lo sé, me he pirado a mi habitación porque no lo soportaba más. El sábado seguro que me meterá la chapa y me volverá a decir que, si me paso, tendré que volver con él y no sé cuántas cosas más. Debe de pensar que las amenazas me ayudan.

—Quizá te echa de menos y quiere que vuelvas.

—Mi padre trabaja todo el día, no tiene tiempo de echarme de menos.

—¡¡¡GOA!!! ¡¡¡A cenar!!!

Era su padre. Tenía que terminar la llamada.

—Te llaman.

—Me sabe muy mal tenerme que ir justo ahora... ¿Hablamos mañana?

—De acuerdo. ¡Hasta mañana!

Sentía mucho tener que dejarlo justo en aquel momento, pero no quería enojar a su padre ahora que estaba en su casa después de tantos días. Tampoco le había querido contar a Klaus la conversación con Susana. «Tal vez mañana», pensó.

NO TENGO NINGÚN PROBLEMA CONTIGO

Después de cenar, Martín estaba totalmente desvelado. Ahora que lo veía estirado en la hamaca, moviendo los brazos y las piernas, tal vez sí que lo encontraba diferente, como si estuviera más despierto y como si ahora quisiera decir muchas más cosas con la mirada.

Goa se sentó a su lado y le dio el dedo para que él lo agarrara. Era como jugar juntos sin estar jugando, y Martín la relajaba. **A su lado parecía que el resto del mundo se detuviera, y ahora que estaba con él, se daba cuenta de que sí, que lo había echado de menos.** ¡Era su hermano! Todavía no lo había procesado… ¡Qué fuerte! Sus amigas no tenían ningún hermano tan pequeño ni podían disfrutar de tener cerca a un bebé. Se sentía afor-

¡¡¡Es tan mono!!!

tunada y se alegraba muchísimo de que Martín existiera.

—Cógelo —le dijo Carla—. Quizá le apetece.

—¿Seguro?

—Claro, hace muchos días que no os veis. Siéntate en el sofá, que te lo pongo en los brazos.

A Goa todavía le costaba tomar la iniciativa. **Lo veía tan pequeño que le daba cosa cogerlo, por miedo a que se le cayera al suelo o a que le pasara cualquier cosa.** Se sentó en el sofá y se puso un poco nerviosa. Hacía muchos días que no lo cogía y sentía que ahora pesaba un poco más. Cuando Martín estuvo en sus brazos, la miró con los ojos abiertos como platos. Ella, con la mano que le quedaba libre, le acariciaba la mejilla y le decía cosas como:

—Hola, Martín, guapo… ¿Cómo estás? Hacía muchos días que no nos veíamos, ¿eh?

Muero de amor.

Carla se sentó al lado de Goa y le dijo:

—¿Cómo estás tú, bonita? Te has encontrado mal con ese virus, ¿verdad?

—¡Mucho!

—Te enfadaste cuando tu padre te dijo que era mejor que no vinieras. Lo siento... No era que no quisiéramos verte, lo sabes, ¿verdad?

—Ya lo sé, mi madre me lo explicó..., pero sí, me supo mal.

—Debe de ser raro ver que ahora tu padre tiene otro hijo...

Hablar con Carla era siempre tan fácil que Goa se abría casi sin darse cuenta.

—Mucho... Y a veces me entra como miedo de que vosotros tres seáis una familia y yo me quede fuera. Me cuesta...

—Claro, todos juntos tenemos que encontrar nuestro lugar ahora que ha llegado Martín, pero no dudes ni un segundo de que tú eres parte de esta familia, que todos formamos parte de ella y te queremos.

«¿Y por qué no me dice esto mi padre?», pensó Goa, que notaba que aquella conversación le estaba viniendo muy bien.

Adoro a Carla.

—Y me siento mal porque a veces tengo celos de Martín. Pero, míralo, ¡me encanta! Yo contigo no tengo ningún problema, pequeño. Pero siento esto aquí dentro y es una mierda, porque no quiero sentirme así, pero tampoco lo puedo evitar.

—Ya... Los celos son una emoción muy puñetera, Goa. Es normal... Pero sé que quieres a Martín, y él también lo sabe. Poco a poco, todo esto irá pasando, ya lo verás. Y si vuelves a sentirte así, cuéntamelo e intentaremos ayudarte, ¿me oyes?

—¿Y si Martín nota que a veces me pongo celosa? Tal vez pensará que no le quiero.

—¡No! ¡En absoluto! Sabe que le quieres mucho, no te preocupes.

—Yo contigo no tengo ningún problema, ¿me oyes? Ninguno en absoluto, cosita pequeña...

Carla acarició la cabeza de Goa, y ambas observaron a Martín en silencio. Al cabo de unos minutos, Goa dijo:

—Guau, ¿cuánto pesa? ¡Se me está cansando mucho el brazo!

—Ja, ja, ja, ¿lo ves? ¡Este niño crece!

—¡No hace falta que lo jures! ¿Lo coges tú, por favor?

¡No puedo más!

Cuando Goa volvió a su habitación y echó un vistazo a la tableta, tenía un mensaje de su padre.

Papá:

Gracias por el mensaje, hija. Siento no haberte ido a visitar cuando estabas enferma y no haberte podido cuidar. Te quiero muchísimo y te entiendo, pero no dudes nunca de que tú SIEMPRE formarás parte de la familia, aunque haya llegado Martín.

Goa abrazó la tableta, cerró los ojos y dejó que aquel mensaje le llegara al fondo del corazón.

ALELUYA, FIN DE SEMANA

A Goa, Bruno, Laura, Leo, Ana y Nadia, aquella semana les había resultado tan larga como si hubiera durado un año. Larguísima, de hecho, además de cansada. Seguía haciendo frío y, como oscurecía enseguida, se congelarían si quedaban para verse en la calle. Así que habían decidido que, después del examen de mates del miércoles, que les había ido fatalísimo a todos, aquel sábado se merecían quedar para merendar en algún sitio, comprar gominolas y cotillear en las tiendas de moda, a ver si encontraban alguna prenda barata en las rebajas.

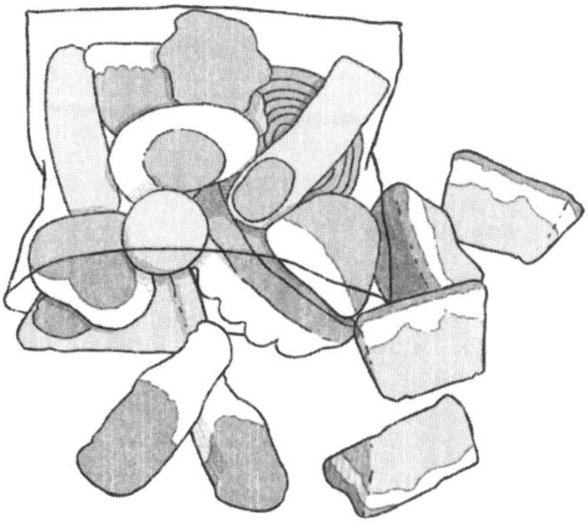

A Leo no le gustaba nada ir de tiendas, pero lo convencieron diciéndole que se harían fotos divertidas en los probadores y que tenía que estar él, sí o sí. **No quedaban todos juntos un sábado desde Navidad, o sea que Goa estaba emocionada.** Se pasó media hora arreglándose en el lavabo, hasta que su padre dio unos golpecitos en la puerta y dijo:

—¡Goa, acaba de una vez, que me estoy meando y hace rato que me espero!

—¡Ya vaaa! —Siempre respondía lo mismo cuando le decían que se diera prisa, pero la verdad era que se lo tomaba con mucha calma.

¡Dejadme en paz!

Al salir del lavabo, su padre le dijo:

—**¡GUAU!** ¿Te ha caído encima una botella entera de colonia?

—¡Alberto, déjala!

—¡Ay, papá!

—No, si a mí me gusta, pero casi me desmayo con tanto perfume. No sé por qué, hoy en día, os tenéis que arreglar tanto… A tu edad yo no me ponía colonia ni me arreglaba de esa manera para salir… Toda esta moda debe de ser culpa de las redes sociales.

Goa se fue a su habitación poniendo los ojos en blanco y diciendo:

—¿No tenías tanta prisa por ir al lavabo?

No soportaba que le hicieran comentarios sobre cómo iba vestida o cómo llevaba el pelo, o si olía a colonia. **Era su cuerpo, su ropa y sus gustos, ¡que la dejaran en paz!** Además, según qué comentarios le activaban la vergüenza y la hacían sonrojar, y eso era algo que no podía soportar.

Se calzó unas botas, su puso la chaqueta y dijo:

—¡Adiós, ya volveré luego!

—Pásalo muy bien, Goa, ¡y da recuerdos a Ana! —dijo Carla, que adoraba a sus amigos.

Ana la esperaba en el portal al lado de Laura, y al cabo de diez minutos ya estaban todos juntos riendo, mirando los móviles (todos, menos Goa), haciéndose fotos y hablando a la vez tan deprisa que hubiera sido realmente difícil que alguien hubiera podido seguirles el hilo.

¡Qué ganas!

Goa estaba disfrutando mucho de aquel rato con los amigos, hasta que Bruno le preguntó:

—¿Al final cómo acabó aquello de Susana?

—¿El qué? —preguntó Leo, que no sabía de qué hablaban.

Goa optó por contar la historia de Susana con pelos y señales para que todo el mundo estuviera al corriente. Todos empezaron a darle su opinión, hasta que Ana, que siempre sabía perfectamente lo que Goa necesitaba, dijo:

—Dejaos de Susanas y de tonterías: tú lo que necesitas es decirle a tu madre que tienes que ver a Klaus. Está fatal con el tema de sus padres y puede ser incluso que vuelva a Alemania, ¿no? Pues tenéis que veros. **Hazlo como quieras, pero le tienes que decir: «Mamá, tengo que ver a Klaus», y tienes que decirle a él que también se lo pida a su madre. Y punto.**

¡¡¡Suerte de Ana!!!

Ana tenía razón. Mucha. Cuando llegara a casa de su padre, donde le tocaba pasar el fin de semana, llamaría a su madre y le diría exactamente eso.

—Eh, entremos en esa tienda, ¡que he visto una sudadera que me encanta! —dijo Laura.

—¡Qué palo! —dijo Leo.

—Tú calla, que te haremos probar un top que te quedará monísimo, ya lo verás.

—¡Ni de coña! —exclamó.

«Qué rápidas pasan las horas del sábado con ellos y qué lentas cuando estamos en el instituto», pensó Goa. Después de una semana de virus y de otra en el instituto estresada con tanto trabajo acumulado, estar con ellos era la mejor medicina. La hacían reír y sentía que podía mostrarse tal como era y soltarse sin miedo a que nadie la juzgara ni la criticara. **Goa estaba segura de que tenía los mejores amigos del mundo y le daba igual que alguien pensara lo contario.** ¡¡¡Los defendería a capa y espada!!!

TENEMOS QUE VERNOS

Cuando Goa llegó a casa de su padre, se encerró en la habitación, se quitó los zapatos y los tejanos ajustados, cogió la tableta y escribió a Klaus:

Goa:

> Klaus, tenemos que vernos. No quiero esperar más. Le pediré a mi madre que quede con la tuya. ¿Te parece bien?

A veces Goa pensaba que no parecía ella misma. Había ganado tanta seguridad con Klaus en los últimos dos meses que a menudo no se lo creía. Ahora ya no le daba vergüenza decir lo que pensaba y lo que quería. Al cabo de un minuto, Klaus le respondió:

Klaus:

No me parece bien, me parece superbién. Yo también se lo pediré a la mía, pero tal y como hemos estado últimamente, tal vez me mande a paseo.

Goa:

Pues haz el favor de comportarte, porque, si no, ¡no nos veremos hasta dentro de dos años! ¿Cuándo se lo dirás?

Klaus:

No lo sé... Estoy con mi padre. Está más relajado y creo que ya se ha quitado de la cabeza lo de que me vaya con él a Berlín, pero me ha amenazado con que, si vuelve a tener quejas de mi madre, vendrá a buscarme.

Goa:

¡Pues ve con cuidado!

Klaus:

Pero ¡si yo no hago nada!

Goa:

Yo tampoco estoy con mi madre, pero le enviaré un mensaje desde el móvil de mi padre.

Klaus:

Tengo ganas de verte.

Goa:

Yo también, muchas.

Klaus:

¿Todavía tienes ese pelo que me encanta?

Goa:

Pero si me viste el otro día por videollamada, ¡claro que lo tengo! ¿Qué te crees, que me he rapado?

Klaus:

¡Me gustarías igual!

De pronto, Goa no tuvo miedo de nada: ni de Susana ni de la distancia ni de la posibilidad de que Klaus volviera a Berlín. Era feliz. Muy feliz. Chatearon media hora más hasta que el padre de Goa se puso nervioso y le dijo:

—¿Vienes a socializar con nosotros o qué?

—¡Ya vaaa! —volvió a decirle Goa, que SIEMPRE respondía lo mismo.

Cuando salió de la habitación, después de dejar de chatear con Klaus, suspiró. Su padre, al verlo, le dijo:

—Uy, ¿y este suspiro? ¿Acaso te gusta alguien?

¡Ups! me ha visto...

—Ay, papá, pero ¡¿qué dices?!

—¡Ay, que te he pillado! —se rio Alberto.

—Déjame el móvil, por favor, papá, que tengo que escribir un mensaje a mamá para decirle una cosa —le pidió Goa. De paso, así desviaba la atención.

—Está en el recibidor.

Goa lo cogió sin perder ni un minuto y escribió:

> Mamá, ¿podrías quedar con Zu el fin de semana que viene, por favor? Quiero ver a Klaus.

A más de cien kilómetros de distancia de donde estaba Goa, Klaus escribía a su madre para decirle:

Mamá, ¿podrías quedar con Julia el próximo fin de semana, por favor? Quiero ver a Goa.

BIBLIOTECA

Míriam Tirado

miriamtirado.cat · miriamtirado.cat · www.miriamtirado.com

Si quieres descubrir cómo continúa la historia de Goa, ¡no te pierdas ningún volumen de la colección!

¡Lo tengo!

Comparte emociones en familia con estas historias para conectar contigo mismo y con quienes más quieres.

Edición todo cartón

Edición pop-up

Lecturas conscientes para aprender a acompañar las emociones en diferentes momentos de la vida.

Este libro se terminó de imprimir
en el mes de julio de 2025.

love